eye

守望者

——

到灯塔去

# 拜金一族

大卫·马梅特剧作集

〔美〕大卫·马梅特 著

陈旭 译

# David Mamet

Glengarry Glen Ross
and Two Other Plays

南京大学出版社

American Buffalo；Glengarry Glen Ross；Oleanna

© DAVID MAMET

Simplified Chinese Edition Copyright © 2024 by NJUP

江苏省版权局著作权合同登记　图字：10‑2021‑594 号

**图书在版编目（CIP）数据**

拜金一族：大卫·马梅特剧作集／（美）大卫·马
梅特著；陈旭译.—— 南京：南京大学出版社，2024.8
　　书名原文：Glengarry Glen Ross
　　ISBN 978‑7‑305‑27415‑2

　　Ⅰ.①拜…　Ⅱ.①大…　②陈…　Ⅲ.①剧本—作品集
—美国—现代　Ⅳ.①I712.35

中国国家版本馆 CIP 数据核字（2023）第 254002 号

出版发行　南京大学出版社
社　　址　南京市汉口路 22 号　　　　邮　编　210093

BAIJIN YIZU；DAWEI MAMEITE JUZUOJI
书　　名　拜金一族：大卫·马梅特剧作集
著　　者　[美]大卫·马梅特
译　　者　陈　旭
责任编辑　付　裕

照　　排　南京紫藤制版印务中心
印　　刷　南京爱德印刷有限公司
开　　本　787 mm×550 mm　1/32　印张 9.25　字数 176 千
版　　次　2024 年 8 月第 1 版　2024 年 8 月第 1 次印刷
ISBN　978‑7‑305‑27415‑2
定　　价　58.00 元

网　　址：http://www.njupco.com
官方微博：http://weibo.com/njupco
官方微信：njupress
销售咨询：(025)83594756

＊ 版权所有，侵权必究
＊ 凡购买南大版图书，如有印装质量问题，请与所购
　图书销售部门联系调换

# 目　录

# 导　言

陈　旭

　　大卫·马梅特在二十世纪七十年代初登上美国剧坛。彼时的美国戏剧从六十年代的激进实践中平复下来，趋向内在探索。马梅特的《美国野牛》（*American Buffalo*）和《拜金一族》（*Glengarry Glen Ross*）不仅重新聚焦社会现实，而且探索个人内心焦虑，是美国戏剧史上的经典。

　　《美国野牛》首演在芝加哥，经外外百老汇演出后于1977年进入百老汇戏剧舞台，获得纽约剧评界奖。该剧虽然没有如马梅特所期望的那样，斩获当年的普利策戏剧奖，但随即成为美国戏剧史上的经典。《拜金一族》则先经由哈罗德·品特推荐，在英国伦敦国家剧院上演，获得成功后，于1984年回到纽约百老汇上演，获得普利策奖和纽约剧评界奖。

　　《美国野牛》是一部情节简单的两幕剧，以芝加哥南部一家旧货店为场景，在旧货店店主唐·杜布罗及其两位朋友鲍勃和蒂齐之间展开。在唐的叙述中，他以九十美元的价格售出一枚野牛头像的硬币，但仍感到受了蒙骗和侮辱，于是打算去购买者家里偷回这枚野牛币。唐本计划和鲍勃一起行事，让他盯梢打探，而后蒂齐获悉，说服唐放弃鲍勃、选择自己，但因为后来鲍勃盯梢提供的消息不实，而唐倚重的弗莱彻也最终缺席，这场入室抢劫并没有真正发生。

　　该剧中商业、友情、忠诚和背叛等相关主题，形成了现实主义批判的有效路径。当时大部分评论认为，马梅特的这部剧是美国资本主义社会价值崩溃的缩影。就连马梅特本人，也在创作早年有如下表述："这出戏是关于美国商业伦理的……讲述的是人们如何以'生意'为借口，为自己可能做出的大大小小的背叛和道德妥协进行辩护。我在创作《美国野牛》时，对美国商业感到非常愤怒。"①在另一次访谈中，他谈到"美国梦的神话"："（美国梦的神话）让我感兴趣是因为我们国家的文化在很大程度上建立在奋斗至成功的观念上，一个人应当出类拔萃，而不是泯然众人。你之绝处正是我之逢生。这就是形成我们经济生活基础的东西，这样的想法也塑造了我们生活的其他方面。"②

　　剧作家本人的背书，似乎使现实主义批判显得正当而充分。然而，如果文学评论只认为他在倡导某种清晰无误的社会道德，则有可能将这位剧作家及其作品粗浅化。实际上，剧作家本人的表述也在变化。在该剧首演十一年后，马梅特将该剧

---

① Richard Gorrlieb, "'The Engine' That Drives Playwright David Mamet." *New York Times*. January 15, 1978, p. D4.

② Matthew Roudané, "Something out of Nothing," in *David Mamet in Conversation*, ed. Leslie Kane. University of Michigan Press, 2001, p. 46.

重新表述为俄狄浦斯式"典型悲剧","旧货店的老板唐是该剧的主人公,他试图教导博比(即鲍勃)——他的监护对象——如何成为有道德的人。在该剧结束时,唐最终发现自己犯下大错,事实上要接受教育、变得道德的人,不是博比,而是他自己"。[①]在这之后的解读里,道德虽仍是关键词,但其阐释重点已经从社会环境的道德衰落转向了人之有限的自我认识。实际上,《美国野牛》的经典性,在于它的复杂性。简单易行的道德姿态也许不足以支撑这部戏剧的魅力。这些小人物,有猜忌,有背叛,有相互伤害,但最后并未决绝地放弃彼此。友谊与生意相互拉扯、来回角力,本就是现代社会难以厘清的现实难题。

马梅特本人的思想倾向,也经历了复杂的转向。对于普遍左倾的美国剧坛,马梅特于2008年在《村声》(*The Village Voice*)上发表《我为何不再是死硬自由派》("Why I Am No Longer a 'Brain-Dead Liberal'")一文,宣告其政治倾向右转,引发媒体热议。他反思自己早期的思想历程,"作为深受二十世纪六十年代(社会文化思潮)影响的一代,我曾接受这样

---

① Henry I Schevy, "Celebrating the Capacity for Self-knowledge," in *David Mamet in Conversation*, ed. Leslie Kane. University of Michigan Press, 2001, p. 6.

的信念，即政府腐败、企业剥削而人性本善"。①这种观念暗示着"一切皆错"，在这种观念的映照下，社会总是处于错误之中，而剧作家实际生活的感受却并非如此。面对信念和感受间的矛盾，他开始反思，并发现"（自己）并不认为人性本善，并且对人性（复杂）的看法在过去四十年中一直在推动和激活我的创作，我认为人在重压之下可能行为不端，这才是戏剧唯一合适的主题"。②

马梅特走出了早期左倾的理想主义，在后期走向保守："（我）承认这个国家不是灌输价值观的课堂，而是（自由开放的）市场"，"问题就不在于'一切是否完美？'，而在于'如何能做到更好，以什么样的代价，根据谁的定义？'"。与一些保守作家想法一样，马梅特认为"与理想主义的视野——我称之为自由主义——相比，将这个世界理解为自由市场，更符合我本人的经历感受"，"人们既需要竞争也需要共处"。③

虽说文学文本自生成即脱离作者意图，文本流通即意味着文本有不受作者控制的意义阐释空间，但对马梅特戏剧的解读仍无法脱离他本人的思想背景，至少，考虑作者本人的思想历

---

① David Mamet, "Why I Am No Longer a 'Brain-Dead Liberal'." *The Village Voice* 53. 11（Mar 12-Mar 18, 2008）19-20, 22. *Pro-Quest Central*. p. 19.
② 同上，第20页。
③ 同上，第22页。

程能够在更为宽阔的视野中为我们提供更为丰富的意义。在此思想背景下，从《拜金一族》这部马梅特最为出色的剧作中，我们既能看到人类社会在资本主义时期你争我夺，也需要看到马梅特在刻画推销员的营生手段时，赋予他们高超的表演能力，这种能力很可能具有超越推销手段的意义和潜能，因而赢得了剧作家本人的赏识。至此，冷峻的批判之下，仿佛还晕开了一抹建构的暖色。

表面看来，马梅特的推销员追求业绩、不择手段。房地产公司老板默里和米奇举行销售竞赛，使他们之间的竞争白热化。四位销售员中，售出最多房地产的人赢得凯迪拉克豪车，第二名只得一套餐刀，最后两名则会被炒鱿鱼。剧中的销售竞赛作为核心情节，是对后工业时期资本主义制度体系的白描。默里和米奇退居幕后，一切却运转自如，这象征着自由市场的统治无须体现为直接统治。

评论者往往将《拜金一族》与阿瑟·米勒的《推销员之死》相提并论。两者都以美国商业社会的原型人物"推销员"为主角，同样揭示了资本主义系统如何摧毁个人情感与尊严。米勒塑造了一个洛曼，马梅特则塑造了推销员群像，罗马、莱文、莫斯和阿罗诺，他们晚于洛曼三十多年。如果说洛曼眼里的美国梦虽幻灭但精神残存，那么在三十多年后的这群推销员眼里，美国梦投射到现实社会的拟像，帮助他们成功说服客户、同伴，还有自己。一方面，马梅特明确表示，该剧揭示的价值观参照了时任总统里根所推行的放任自由主义——通常被视为"冷酷无情的里根主义"①；另一方面，马梅特的推销员虽是"骗子"（conmen），却是"马梅特私底下欣赏的一类人"，因为他们同时也是"演员"②，拥有剧作家所崇尚的想象力和精神活力，正是这一点让马梅特的这群推销员带来的"破坏性"中闪烁着"建设性"。马梅特本人对这些推销员也不乏赞誉。在回顾这部戏的创作基础来源于早年他在房地产公司的工作经历时，他说："他们（推销员）很让人惊异，有一种自然力量……他们是那种终其一生不会为领取薪水而过活的人，他们靠才智（wits）而生，靠魅力而生。他们推销自己（They sell themselves）。"③

看到马梅特戏剧的批判性，同时注意其对推销员的欣赏，我们就能够理解为何马梅特本人再三强调，他并不主张"社会问题剧"式、以改变社会为导向的戏剧观。他坚持认为戏剧应释放内心灵魂，走进思想深层。与此相对，诉诸人类理性以求得社会问题解决方案的戏剧，在他看来，反而会压抑问题。

---

① Matthew Roudané, "Something out of Nothing, " in *David Mamet in Conversation*, ed. Leslie Kane. University of Michigan Press, 2001, p. 47.

② 同上，第98页。

③ Benedict Nightingale, "Glengarry Glen Ross, " in *The Cambridge Companion to David Mamet*, ed. Christopher Bigsby. Cambridge： Cambridge University Press, 2004. p. 89.

如果说《美国野牛》与《拜金一族》引发的社会反思获得了相似的体认，那么《奥利安娜》（*Oleanna*）激起的反响则呈现了社会分裂。自1992年上演以来，该剧中的性别政治就是不能绕开的话题。马梅特多数作品中的人物皆为清一色的男性，比如前述两部剧作，但在《奥利安娜》中，女性人物出现，并与男性对峙。大学教授约翰即将获得终身教职，他准备凭此购买房产、安置家人。女学生卡萝尔，担心课程成绩，没有预约就到办公室找约翰。约翰的心思逐渐从购置房产的电话对谈，转移到跟卡萝尔的现场谈话上，他表示要单独辅导卡萝尔，打破常规，更改她的课程成绩。卡萝尔随后在"团队"的支持下，指控约翰性骚扰，这让约翰失去了终身教职，也无法购买房产。卡萝尔及其"团队"进一步打算在学校的代表作中剔除约翰的作品。她还让约翰不要称自己的妻子为宝贝。语言冲突最终引发了身体暴力。

卡萝尔借助女性主义话语，毁掉约翰的事业，加之马梅特清晰的右转宣告，这让不少评论者认为该剧捕捉到了二十世纪末新保守主义思潮在文化领域的挺进乃至胜利：六十年代解放运动的成果似乎在身份政治的标签下，即使还未人皆唾之，也已经变得让人避之不及。剧终时约翰对卡萝尔暴力相向，而观众对此啧啧赞叹，似乎感到正义得到了伸张。马梅特本人表示，他没有支持任何一方，而且否认该剧指涉现实（该剧上演前不久，恰逢美国俄克拉荷马州立大学法学教授安妮塔·希尔，在1991年起诉黑人大法官克拉伦斯·托马斯性骚扰）。他表示该剧的写作早于这起事件。虽然马梅特并不推崇社会问题剧式的解读，但该剧与社会热点的耦合，无疑助推了性别平等及政治正确等社会议题的讨论。实际上，马梅特试图淡化《奥利安娜》中关于性骚扰的内容，他将该剧视为"权力"的悲剧。剧中的约翰和卡萝尔的确在争夺实实在在的权力，前者倚仗大学教授的精英地位，后者则借助女性主义话语框架。①双方对权力的争夺，在很大程度上也是对语言控制权及阐释权的争夺，但无论如何争夺，双方都对如何获取实际权力更感兴趣。卡萝尔反对权威，反对权力，但希望自己拥有权力；约翰诉诸人道主义的普遍化语言，掩饰业已生成的权力关系。在这一意义上，他们可以说是历史学家托尼·朱特在回忆六十年代时曾提到的那种"对掌握实际权力比探讨权力的隐喻内涵更有兴趣的人"。②

尽管多数评论认为，马梅特对约翰同情更多，以凸显其保守立场，但也不难看出他对约翰所持立场及观点有所反思，比如他让约翰吐露欲盖弥彰的物质追求，如实展现他推脱自己作

---

① 参见 Marc Silverstein，"'We're Just Human'：*Oleanna* and Cultural Crisis." *South Atlantic Review*，Vol. 60，No. 2（May，1995），pp. 103-120. Stable URL：http：//www.jstor.org/stable/3201303；Brenda Murphy，"Oleanna：Language and Power，" in *Cambridge Companion to David Mamet*，ed. Christopher Bigsby. Cambridge：Cambridge UP，pp. 124-137。

② 托尼·朱特，《记忆小屋》，何静芝译，北京：中信出版社，2018年，第177页。

为精英阶层的社会责任，暗示他背叛自己所推崇的人文价值。如马梅特所言，他并非毫无保留地支持任何一方。尽管约翰和卡萝尔都希望理解彼此，双方却渐行渐远，直至剧末的暴力，让双方交流崩溃。

要理解马梅特的戏剧，不能不提其语言风格。"马梅特语言风格"（Mametspeak）如今已经成为专有名词，用来指马梅特剧本中小人物所使用的语言。日常生活中大量粗俗的，甚至带有侮辱性的语言，经过马梅特的戏仿之后，变得具有诗的韵律和节奏。马梅特本人曾举例 The son of a bitch stole my watch，字词虽粗俗，但该句的韵律节奏可与欧洲典雅传统下诞生的诗歌媲美。①正因为马梅特本人重视音韵，所以对于 *Glengarry Glen Ross* 的剧名翻译，我其实更偏向音译。Glengarry 与 Glen Ross 在剧中指两处房地产项目，前者是销售竞赛期间的房地产项目，后者是推销员们曾经推销的项目。两者都价值不大，全倚赖推销员的推销技巧。Glengarry 和 Glen Ross 的命名压首韵，可以说，马梅特此处有意让两者形成相互映照和指涉。

然而，遗憾的是，马梅特追求戏剧语言的节奏韵律，在剧本翻译时，只是偶有体现，比如该剧中莫斯接受警察审问后，发泄式地说警察粗暴无能，找不到入室盗窃的人：Cop couldn't find his dick two hands and a map。这句话由单音节词构成，读

---

① David Mamet, "Great American Plays and Great American Poetry, " in *Theatre*, New York: Faber and Faber, Inc., 2010, pp 70-74.

起来抑扬顿挫，体现了马梅特独有的语言风格，因此译为"有手，有图，条子也找不到个屌"。此处译文试图以 ao 为韵脚，即条（tiao）、找（zhao）、屌（diao），希望能模仿原句的节奏效果。《拜金一族》与《美国野牛》中的小人物是展现马梅特式语言风格的典型代表，但多数情况下，译文尽力追求达意，未能兼顾节奏音韵，实属遗憾。另外，还需要注意的是，剧本的呈现方式是线性的，有阅读的先后顺序，而马梅特创作的人物对话往往会同时脱口而出，并且人物对话会相互打断穿插，形成人物自说自话的局面。阅读时，读者需要在一定程度上，想象现场演出情景，来理解这些看起来形成交流困境的对话。除此之外，马梅特的小人物还常说街头俗语，或不合语法，或断裂破碎，这些对话在译文中，在不影响达意的情况下，也尽量保留不合规范的形式。

马梅特戏剧之所以成为经典，是因为剧作本身存在多重阐释的可能性。剧作家本人的思想确实发生了很大变化，从他所谓的"死硬自由派"转为后期的保守主义。或许可以说，马梅特的思想变化其实也表明他的戏剧其实有不同的思想潜流交织、明暗交替，但无论如何，贯穿其中的是这样一个问题：人类究竟要如何共同生活？而暗含在其探究过程中的，首先是剧作家的体认：人类必须且必然共同生活。

美国野牛


*American Buffalo*

1975

## 人　物

唐·杜布罗——年近五十，旧货店老板

沃尔特·科尔，被称为蒂齐——唐的朋友及助手

鲍勃——给唐打杂的小弟

## 场　景

唐的旧货店，出售废旧杂物。

## 时　间

周五。第一幕发生在早上；第二幕发生在当天晚上，大概十一点。

# 第一幕

唐的旧货店。早上，唐和鲍勃准备坐下。

**唐** 所以？

　　停顿。

　　然后呢，鲍勃？

　　停顿。

**鲍勃** 对不起，多尼①。

　　停顿。

**唐** 好吧。

**鲍勃** 对不起，多尼。

　　停顿。

**唐** 好。

**鲍勃** 他可能还在那儿。

**唐** 你要是这么想，鲍勃，那你怎么在这儿？

**鲍勃** 我回来了。

　　停顿。

**唐** 你不能回来，鲍勃。你得干成点什么才能回来。

---

① 唐的昵称。（如无特别说明，全书脚注均为译者注。）

**鲍勃** 他没出来。

**唐** 我关心啥，鲍勃？是他出没出来吗？你该看着他，该你看着他。我没说错吧？

**鲍勃** 我就是去了后面。

**唐** 为什么？

*停顿。*

你干吗去后面？

**鲍勃** 因为他没从前面出来。

**唐** 好吧，鲍勃，抱歉地说，你这事干得不怎么样。如果你想做生意……就眼下，你没干好。你得记住这一点。

**鲍勃** 记住了。

**唐** 好，那……以后呢，什么？

*停顿。*

记住一点，鲍勃，实干才算话，瞎扯就滚呐。

*停顿。*

**鲍勃** 我当时就是去看看，他是不是从后面走了。

**唐** 不，别找借口瞎糊弄。

*停顿。*

**鲍勃** 对不起。

**唐** 别说对不起。我没生你气。

**鲍勃** 你没有吗？

**唐** （*停顿*）来把这儿收拾了。

鲍勃开始清扫扑克牌桌上的残渣碎屑。

有一点，我要教你。

**鲍勃** 嗯。

**唐** 看看弗莱彻。

**鲍勃** 弗莱奇①?

**唐** 对，他是个爷们儿。

**鲍勃** 没错。

**唐** 说真的，他是个能经事儿的人——

**鲍勃** 是的。

**唐** 你要是把他随便往哪儿一扔，人生地不熟，只给他一个
子儿，不到天黑，他就能称雄一方。这可不是吹出来的，
鲍勃，这得干出来。

**停顿。**

**鲍勃** 他牌打得真好。

**唐** 你还真他妈说对了，鲍勃，我就是想说这个。技艺。靠技
艺、才能和胆量，干成自己的事儿。

这家伙昨晚赢了四百。

**鲍勃** 是吗?

**唐** 是啊。

**鲍勃** 还有谁?

———————————

① 弗莱彻的昵称。

唐　我……

鲍勃　哦……

唐　还有蒂奇……

鲍勃　（蒂奇怎样?）①

唐　（不怎么样。）

鲍勃　（不好，嗯?）

唐　（不好。）……厄尔也在……

鲍勃　哦……

唐　还有弗莱彻。

鲍勃　他怎样?

唐　赢了四百。

鲍勃　还有谁赢了?

唐　鲁茜，她也赢了。

鲍勃　她啊，赢了?

唐　是啊。

鲍勃　她打得不错。

唐　嗯，是的……

鲍勃　她打牌还行。

唐　嗯，还不错。

---

① 作者注：有的对话出现在括号里，表明说话人神色些微改变——可能有片刻沉思内省。

**鲍勃** 我喜欢她。

**唐** 废话，我也喜欢她。（这又没什么不对。）

**鲍勃** （是的。）

**唐** 我是说，她对你不错。

**鲍勃** 是的。她赢了多少？

**唐** 还不少。

　　　　　*停顿*。

**鲍勃** 你呢？

**唐** 我还好。

**鲍勃** 是吗？

**唐** 是的。还不错。比不上弗莱奇……

**鲍勃** 比不了？

**唐** 我是说，和弗莱彻，比打牌。

**鲍勃** 他确实厉害。

**唐** 说得一点儿没错。

**鲍勃** 的确。

**唐** 他这是天生的？

**鲍勃** 嗯？

**唐** 我的意思是，你觉得他天生就会，还是他得学？

**鲍勃** 得学。

**唐** 千真万确，你得记住这一点。

所有事儿，博比①，发生在你身上的，没发生在你身上的，重要的是你能不能搞定，能不能学到点儿什么。

**停顿。**

这就是我为什么跟你说，要经得起事儿。对你，对别人，都是一样。我或者弗莱彻，我们知道的一切，都是在街头摸爬滚打学来的。生意就是这些……常识、经验和才能。

鲍勃 就像他杀鲁茜的价，拿到她那块铸件儿一样？②

　唐 什么铸件儿？

鲍勃 就那次，他从她手里拿走的。

　唐 什么时候的事？

鲍勃 在她车后面。

　唐 那不是她的铸件儿，我认为不是。

鲍勃 不是她的？

　唐 那是弗莱彻的铸件儿，鲍勃。

鲍勃 是吗？

　唐 是的。他花钱从她那儿买的。

---

① 鲍勃的昵称。
② 原文为 pig iron，字面意义指可用于铸造的"生铁"，有评论认为这很可能也是一枚钱币；也有评论认为这里就是指铸铁件儿，因为钢铁业曾是芝加哥的支柱产业，马梅特以此指涉芝加哥城市发展的历史，就如后文提到芝加哥举办了1933年世界博览会。此处倾向于第二种理解，译为"铸件儿"。

*停顿。*

**鲍勃**　好吧，可她真的很生气。

**唐**　是吧。

**鲍勃**　是的。

**唐**　她生他的气?

**鲍勃**　是的。气他偷了铸件儿。

**唐**　他不是偷，鲍勃。

**鲍勃**　不是?

**唐**　不是。

**鲍勃**　可她生他的气……

**唐**　好吧，她可能是吧，鲍勃，但事实上，这就是生意。做生意就是这样。

**鲍勃**　就是怎样?

**唐**　大家各顾各的，明白吧?

**鲍勃**　不会吧。

**唐**　有生意，也有交情，博比……有很多事，你都会听到，但你得弄清楚谁是朋友，谁待你怎样。不先搞清这点，其他都没用，鲍勃，你得知道这些。

**鲍勃**　嗯。

**唐**　事情并不总像表面看起来的那样。

**鲍勃**　我懂。

*停顿。*

**唐** 这条街上形形色色的人，鲍勃，他们要这要那，为了达到目的，啥都干得出来。如果没朋友，这过得就①……来吃点早饭？

**鲍勃** 我不饿。

*停顿。*

**唐** 永远得吃早饭，鲍勃？

**鲍勃** 为什么？

**唐** 早饭……是最重要的一顿。

**鲍勃** 我不饿。

**唐** 这和吃早饭没什么关系。你知道咖啡有多少营养吗？根本没有。一点没有。这东西吃定你了，但你不能靠它活着，博比。（我以前就跟你说过。）也不能靠抽烟活着。你可能感觉还可以，没什么大不了，但其实说不定哪儿就扛不住了，有你受的。喂，看看我，每天来了，我吃什么？

**鲍勃** 咖啡。

**唐** 得了，鲍勃，别抬杠。我就喝了一点咖啡……但我吃的是什么？

---

① 此处原文为 You don't have friends this life。评论者认为马梅特此处有两层意义，第一层是字面意义上的"这里没有什么朋友"；第二层是假设，"如果你没什么朋友，生活就难过"。译文结合唐对鲍勃的关心，告诉他要吃早饭，按照第二层意义译出。

**鲍勃** 酸奶。

**唐** 为什么？

**鲍勃** 因为对身体好。

**唐** 一点儿没错。而且吃点儿维生素也不会送命。

**鲍勃** 维生素太贵了。

**唐** 别担心，你吃就是了。

**鲍勃** 我买不起。

**唐** 不用愁。

**鲍勃** 你给我买？

**唐** 你要吃？

**鲍勃** 嗯。

**唐** 那好吧，我给你买点儿，好吧？

**鲍勃** 谢谢你，多尼。

**唐** 这是为了你好，用不着谢我……

**鲍勃** 好吧。

**唐** 我总不能让你在这儿干得没了人形。

**鲍勃** 我当时就是去了后面。

**唐** 没关系。你懂吗？懂我在说什么吗？

*停顿。*

**鲍勃** 嗯。

*停顿。*

**唐** 嗯，再说吧。

**鲍勃** 对不起，多尼。

**唐** 好吧，以后再说。

**蒂奇** （出现在门口，走进来）早上好。

**鲍勃** 早上好，蒂奇。

**蒂奇** （在店里静静地走了走）去他妈的鲁茜，去他妈的鲁茜，去他妈的鲁茜，去他妈的鲁茜，去他妈的鲁茜。

**唐** 怎么了？

**蒂奇** 去他妈的鲁茜……

**唐** ……嗯？

**蒂奇** 我去河边店喝杯咖啡，对吧？格蕾丝和鲁茜也在，坐了一桌。

**唐** 嗯。

**蒂奇** 我就想点杯咖啡。

**唐** 对。

**蒂奇** 格蕾丝和鲁茜在吃早饭，然后她俩吃完了。盘子……面包酥皮儿，到处都是……然后我们就开聊。

**唐** 嗯。

**蒂奇** 说昨天打牌……

**唐** ……嗯。

**蒂奇** ……说着，我就坐下了，"嗨，嗨"。随手拿了格蕾丝盘里的面包……

**唐** ……然后呢……

蒂奇　……她居然说"您请便"。

我请便。

我真该尽情享受这半片面包——几个子儿就够买四片。

我以前也该收个费，每次打完牌，都是我跑上跑下，买咖啡……烟……甜面包，没半点怨言。

"博比，看看大家都要啥"，对吧？他妈的来个烤牛肉三明治。（对鲍勃）我没说错吧？（对唐）哎，去他妈的。大家在一起，多少次都是我买单？但是（不！）因为我从不小题大做——没什么大不了的——我不会夸耀"这顿算我的"，像个突然蹿红的混蛋似的。我只是自然而然地认为我和朋友在一起，要是谁有了难处，需要接济下他妈的房租啥的（对吧？），又或者谁丢了钱，生了病啥的，我得帮一把……

　唐　（对鲍勃）我刚说的就是这意思。

蒂奇　只是（我告诉你，唐），只是，我没想到这南方拉子①，不知道哪儿来的狠毒婊子，忘恩负义，能喷出这样的屁话来——我可不认为我在中伤谁。（对鲍勃）我不会收回我的话，我知道你跟她俩走得近。

鲍勃　跟格蕾丝和鲁茜？

蒂奇　是的。

---

①　原文为 bulldyke，指女同性恋中充当男性角色者。此处译为"拉子"。

**鲍勃** （我喜欢她俩。）

**蒂奇** 我一直对每个人都非常公平，从不抱怨。对吧，唐？

**唐** 没错儿。

**蒂奇** 有人针对我，那肯定是他们的问题……我会留心，可也不会背地里捣鬼。竟然这么对我。（让她们走路上，好好的砖也会落下来砸头。）

一下子，这蠢蛋就把我跟她们一起吃过的每个甜面包，都变成了他妈的毛玻璃碎渣子（她们可能还边吃边想吧，"这白痴白为朋友花钱"）……

……我难过，唐。

我难过，有点儿不知道该他妈怎么办。

*停顿。*

**唐** 你可能只是生气了。

**蒂奇** 你还真他妈说对了，我生气，我非常生气，唐。

**唐** 她们也有自己的麻烦事，蒂奇。

**蒂奇** 我倒希望能有她们那样的麻烦事呢。

**唐** 我只是想说，不是针对你……她们可能，嗯，是在谈什么。

**蒂奇** 那她们谈就好了。不，对不起，唐，这事儿过不去。她们当我是个混蛋。她们自己才是混蛋。

*停顿。*

教训这种人的唯一法子，就是灭了他们。①

停顿。

唐　来点儿咖啡？

蒂奇　我不饿。

唐　好啦，我叫博比去河边店买回来。

蒂奇　（该死的破店……）

唐　是啊。

蒂奇　（烂人成堆的地儿……）

唐　嗯，算啦，蒂奇，想吃啥？鲍勃？

鲍勃　嗯？

唐　（对蒂奇）好啦，他反正要去。（递给鲍勃一张钞票，对鲍勃）给我买杯波士顿②，再买点酸奶。

鲍勃　哪种？

唐　你知道，就原味，如果没有，嗯，就换其他的。你自己也买点东西吃。

鲍勃　啊？

唐　想吃什么，想喝什么，就买什么。一定得吃点儿。给蒂奇带杯咖啡。

---

① 人名 Teach 根据音译，为"蒂奇"。此处原文为 The only way to teach these people is to kill them。此处 teach 译为"教训"。马梅特让以 Teach 为名的人物说出这句话，有反讽意味。

② Boston，此处指咖啡口味。

鲍勃　波士顿吗，蒂奇?

蒂奇　不。

鲍勃　要什么?

蒂奇　黑咖啡。

鲍勃　好的。

唐　给你自己也买点吃的。(对蒂奇)他不想吃早饭。

蒂奇　(对鲍勃)早饭得吃(我在河边店就是这么说的)。

　　　*停顿。*

鲍勃　(黑咖啡。)

唐　也给自己买点吃的。(对蒂奇)想吃什么? 英式松饼?

　　　(对鲍勃)给蒂奇买块英式松饼。

蒂奇　我不想吃英式松饼。

唐　给他来块英式松饼，记得找他们要酱。

蒂奇　我不想吃英式松饼。

唐　你想要什么?

鲍勃　得啦，蒂奇，吃点吧。

　　　*停顿。*

唐　吃点东西，蒂奇，心情就好了。

　　　*停顿。*

蒂奇　(对鲍勃)找他们要份培根，要干要脆。

鲍勃　好的。

蒂奇　告诉那娘们儿，就说是给我的，量会多点儿。

**鲍勃**　好的。

**唐**　再来点儿啥?

**蒂奇**　不用。

**唐**　甜瓜?

**蒂奇**　我从不吃甜瓜。

**唐**　你不吃?

**蒂奇**　我吃了就拉肚子。

**唐**　是吗?

**蒂奇**　对了,让鲍勃半个字儿也别告诉鲁茜。

**唐**　他不会的。

**蒂奇**　不会?哦,是的。对不起,鲍勃。

**鲍勃**　没事。

**蒂奇**　我有点心烦。

**鲍勃**　没事,蒂奇。

　　　　*停顿。*

**蒂奇**　谢谢。

**鲍勃**　不客气。

　　　　*鲍勃准备离开。*

**唐**　有原味就买原味的。

**鲍勃**　好。(*他离开。*)

**唐**　他什么也不会说的。

**蒂奇**　我他妈才不在乎呢……

*停顿。*

婊子。

*停顿。*

那贱人身上都是贱骨头。

唐　你昨晚后来战果如何？

蒂奇　这不关打牌的事儿。

唐　不关事儿，我知道。我就这么一问……随便说说……

蒂奇　昨晚？你也在啊，唐。

　　　*停顿。*

　　　你怎样？

唐　不怎么样。

蒂奇　嗯。

唐　赢钱的就只有弗莱奇和鲁茜。

蒂奇　（*停顿*）那婊子赢的得有两百。

唐　她打得一手好牌。

蒂奇　她才不是呢，唐。她揩油，出老千，打牌就是个娘们儿样。

　　　*停顿。*

　　　弗莱彻打得一手好牌，这我承认，但鲁茜……你看，她打牌那鬼样儿……

唐　嗯。

蒂奇　总有那女的在旁边。

唐　格蕾丝?

蒂奇　是的。

唐　她俩是在一起。

蒂奇　那让她俩在一起好啦。(你懂我的意思?)每个人都坐在桌边，就格蕾丝要走来走去……拿烟灰缸……拿咖啡……这样那样……其他人也不挡牌，还直起背做出不会藏着掖着的样子。我他妈才不管呢。这该死的女人是她的伴儿，她走到我后面，我就要挡着。

唐　嗯。

蒂奇　不挡牌，就是疯子。

　　**停顿**。

　　天哪，这可是都是钱哪，对吧?打牌就是这样。友情是友情，很不错，我完全支持，从不唱反调，这点你是知道的。

　　好吧。

　　但是一码归一码，这两样得分开。打起交道来，也合人世常理。

　　**停顿**。

　　我就说这些，唐。我知道你很喜欢鲁茜……

唐　……是吗?

蒂奇　我知道你喜欢这娘们儿和格蕾丝。还有鲍勃，我知道他也喜欢她俩。

唐　（他是喜欢她俩。）

蒂奇　我也喜欢她俩啊。（我懂，我懂。）我并不反对这一点。大家都坐下来。（我知道我们还会坐到一起。）总会有这种事儿发生，我不是说她们不……是的，是的，没错，昨晚我没少输钱，还有那什么。

　　　　*停顿。*

　　　　但我想要的（当她面我也会这么说）仅仅是她得记清谁是谁，不会跟格蕾丝或者谁，摆出那副嘴脸。"过去是过去，现在是现在，你他妈滚蛋。"

　　　　你明白吗？

唐　嗯。

　　　　*长久停顿。*

蒂奇　最近有啥新鲜事？

唐　没啥。

蒂奇　老一套，嗯？

唐　嗯。

蒂奇　你看到我帽子没？

唐　没，你落这儿了？

蒂奇　是啊。

　　　　*停顿。*

唐　你问过河边店没？

蒂奇　我落这儿的。

*停顿。*

唐　好吧，你落这儿的，应该在。

蒂奇　你看到没?

唐　没有。

*停顿。*

蒂奇　弗莱奇来过?

唐　没有。

蒂奇　他很可能一点左右到，对吧?

唐　是啊，你知道的。弗莱彻的事可说不准。

蒂奇　没错。

唐　他可能凌晨来……

蒂奇　是的。

唐　也可能神不知鬼不觉地消失个十天半月。

蒂奇　是啊。

唐　你找他?

蒂奇　有点儿事。

唐　（*停顿*）鲁思①可能知道。

蒂奇　你确定没看到我的帽子?

唐　没看到。没有。

*停顿。*

————————

①　鲁茜的昵称。

　　　　　　鲁茜可能知道。

**蒂奇**　（这狠毒的拉子。）

　唐　厕所里找找看。

**蒂奇**　不在那儿，我不会落在那儿的。

　唐　你和弗莱奇要做什么吗？

**蒂奇**　没有，就是我得和他谈谈。

　唐　他可能会来。

**蒂奇**　哦，好吧……（*停顿。指着柜台上的东西*）这是啥？

　唐　这个？

**蒂奇**　对。

　唐　1933年的货。

**蒂奇**　就那时候的？①

　唐　是的。

　　　*停顿。*

**蒂奇**　不错。

　唐　这些东西可有市场了，就像其他东西。有了授权，就能
　　　生产。

**蒂奇**　嗯？（这我知道。）

　唐　就像现在。有梳子、刷子……你知道的，上面印有这东
　　　西的那种刷子……

_____

① 这里两人暗指1933年美国在芝加哥举办的世界博览会。

蒂奇　是的，我知道。还有……嗯……什么？还有那种服装，对吧？

唐　我想是的，当然有。全都有。有人就专门收这种东西。

蒂奇　这东西就这么招人？

唐　可不是嘛。（不久前才兴起的。）就这两年吧。（看不懂。）什么人都在买，只要能找到有这东西的，他们就买。然后再带到布法罗，你知道的，给那谁，价格就上去了。

蒂奇　这个卖多少？

唐　这粉饼盒？

蒂奇　对。

唐　啊……（你要？）

蒂奇　不是。

唐　哦。我就问问。我是说，你想要的话……

蒂奇　不。我是说比如有人进来问……

唐　哦，有人进来……（现在流行这东西……）

蒂奇　（我一点不怀疑。）

唐　……大概得出十五美元吧。

蒂奇　扯淡。

唐　千真万确。

蒂奇　没胡说吧？

唐　都这样儿。

**蒂奇**　（真他妈是群贼。）

**唐**　是啊，都是。

**蒂奇**　（哼了一声）净整些没用的，对吧?

**唐**　哦，是的。

**蒂奇**　该死的东西。

**唐**　没错。

**蒂奇**　那些东西我要是留着没扔……

**唐**　……是啊。

**蒂奇**　现在也发达啦，指不定正坐欧洲游艇享受呢。

**唐**　嗯嗯。

**蒂奇**　（那些东西，我爸以前就放他抽屉里。）

**唐**　（我爸也是。）

**蒂奇**　（地下室……）

**唐**　（嗯。）

**蒂奇**　（他妈的，就后院里的玩具，天哪……）

**唐**　（别提了。）

**蒂奇**　真是……不知道说什么好。

　　　　*停顿。*

　　　　打会儿牌①?

———————————

①　此处原文为 gin，指 gin rummy，"金罗美"牌戏，这是一种适合两个
　　人玩的纸牌游戏。

美国野牛　　　　　　　　　　　　　　　　　　　　　　025

唐　　等会儿吧。

蒂奇　好。

　　　*停顿。*

　　　不晓得。

　　　*停顿。*

　　　倒霉的日子……

　　　*停顿。*

　　　该死的天气……

　　　*停顿。*

唐　　你觉得要下雨?

蒂奇　是的,我觉得会下,晚点儿。

唐　　是吗?

蒂奇　是啊,看着像。

　　　*鲍勃出现,拎着纸袋,里面装了咖啡和食物。*

　　　博比,博比,博比,博比,博比。

鲍勃　鲁茜没生你气。

蒂奇　她没有?

鲍勃　没有。

蒂奇　你怎么知道?

鲍勃　我发现的。

蒂奇　怎么发现的?

鲍勃　我跟她说话的。

蒂奇 你跟她说话的。

鲍勃 是的。

蒂奇 我跟你说过，别跟她说。

鲍勃 好吧，可她问我的。

蒂奇 问什么？

鲍勃 问你在不在这儿。

蒂奇 你怎么说的？

鲍勃 你在这儿。

蒂奇 噢。

　　　　他看向唐。

唐 你还跟她说了什么，鲍勃？

鲍勃 就说了蒂奇在这儿。

唐 那她要来吗？

鲍勃 我觉得不会。（酸奶有原味的。）

唐 （对蒂奇）所以？（好的。）

　　　（对鲍勃）好的，鲍勃。

　　　　他看向蒂奇。

蒂奇 那好吧，鲍勃。（自言自语）（那就没什么事儿了……）

　　　　唐拿过袋子，分发各自的东西。

　　　（对唐）你不该吃这鬼东西。

唐 为啥？

蒂奇 我就是对保健品没什么好印象。

美国野牛

唐　不是保健品，酸奶而已。

蒂奇　不是保健品？

唐　不是。早就在吃了。

蒂奇　吃酸奶？

唐　是的。《我的小玛吉》①里还拿这开玩笑呢。（对鲍勃）
　　（那时还没你呢。）

蒂奇　是吗？

唐　是的。

蒂奇　搞什么鬼，吃点也不碍事。

唐　对你有好处。

蒂奇　得啦，得啦，各有所爱。（停顿。对鲍勃）弗莱彻在那
　　儿没？

鲍勃　没。

唐　我要的咖啡呢？

鲍勃　没有吗？

唐　没有。

　　*停顿。*

鲍勃　我还特地提醒过他们。

唐　在哪儿呢？

---

① 《我的小马吉》(*My little Margie*) 是美国二十世纪五十年代的一部
　　情景喜剧片，在黄金档播出。

　　　　　　　　　　　　　　　大卫·马梅特剧作集

鲍勃　他们忘了。

　　　*停顿。*

　　　我回去拿。

　唐　你不嫌麻烦?

鲍勃　不会。

　　　*停顿。*

　唐　要再跑一趟?

鲍勃　嗯。

　　　*停顿。*

　唐　怎么了,鲍勃?

鲍勃　能跟你谈谈吗?

　　　*停顿。唐走向鲍勃。*

　唐　什么事?

鲍勃　我看到他了。

　唐　谁?

鲍勃　就那个人。

　唐　你看到那个人了?

鲍勃　是的。

　唐　我说的那个人?

鲍勃　是的。

　唐　就刚才?

鲍勃　嗯。他正要出门。

唐　是吧。

鲍勃　嗯，他往车里放了个箱子。

唐　就他，还是他俩？

鲍勃　就他一个。

唐　他上车，然后开走了？

鲍勃　他当时正下楼……

唐　嗯。

鲍勃　手里拎着箱子……

　　　*唐点头。*

　　　上了车。

唐　嗯哼……

鲍勃　开走了。

唐　那她在哪儿？

鲍勃　他要去接她。

唐　他穿的啥？

鲍勃　就那些。旅行装。

唐　好的。

　　　*停顿。*

　　　这次做得还不赖，你懂我的意思了吧？

鲍勃　懂。

唐　好的。

鲍勃　他还穿着外套。

唐　有点儿意思。

鲍勃　像是雨衣。

唐　嗯。

*停顿。*

不错。

*停顿。*

鲍勃　是的，他走了。

唐　鲍勃，去给我把咖啡拿回来，好吗?

鲍勃　没问题。

唐　你自己吃点什么没?

鲍勃　什么也没吃。

唐　那你去拿咖啡，也给自己买点吃的，好吧?

鲍勃　好的。(好。)

*退场。*

*停顿。*

唐　你的培根怎样?

蒂奇　啊——他们总是搞砸。

唐　是的。

蒂奇　这次又煎过了头。

唐　嗯。

蒂奇　非得盯紧了他们不可。

唐　嗯。

蒂奇　就像很多事。

　唐　是哦。

蒂奇　任何买卖……

　唐　是的。

蒂奇　要想正常进行，就得看着。

　唐　是的。

蒂奇　就像你。

　唐　什么?

蒂奇　就像这店。

　唐　好吧，我不在，这里就没人管。

　　　*停顿。*

蒂奇　是的。

　　　*停顿。*

　　　你得在。

　唐　是的。

蒂奇　只能靠你。

　唐　没错。

　　　*停顿。*

蒂奇　这小子怎么回事?

　　　*停顿。*

　　　我是说，有什么事，嗯……

　唐　没什么……你知道的……

蒂奇　好吧。

　　　　*停顿。*

　　　　是什么……？

　唐　哦，就是我们盯了个人。

蒂奇　好吧，盯个人。

　唐　是的。

蒂奇　（这人……）

　唐　是的。

　　　　*停顿。*

　　　　几点了？

蒂奇　中午。

　唐　（中午。）（该死的。）

蒂奇　怎么？

　　　　*停顿。*

　唐　你车停外面了？

蒂奇　是的。

　唐　计时器搞好了吧？①

蒂奇　搞好了，那女的来过了。

　　　　*停顿。*

———————————

① 此处指停车计时收费器，在二十世纪七十年代，停车还没有实现智能化打卡、无人值守的管理方式。

唐　　那就好。

　　　　*停顿。*

蒂奇　哦，是的，她看过的。

唐　　好的。

蒂奇　你要跟我说说这事儿吗？

唐　　（*停顿*）这事儿？

蒂奇　是的。

　　　　*停顿。*

　　　　怎么回事？

唐　　没事。

蒂奇　没有？是什么？珠宝？

唐　　不是。没什么。

蒂奇　哦。

唐　　你知道？

蒂奇　嗯。

　　　　*停顿。*

　　　　嗯，不，我不知道。

　　　　*停顿。*

　　　　当我是谁？警察吗……我只是聊聊，对吧？

唐　　嗯。

蒂奇　嗯？

　　　　*停顿。*

你知道，我只是想谈谈。

唐　是的，我知道。是的，好吧。

蒂奇　不说也没什么大不了。

唐　（伸手够电话）是的，我知道。等会儿告诉你。

蒂奇　你要想说才说，唐。

唐　我想说，蒂奇。

蒂奇　是吗？

唐　是的。

　　　　*停顿。*

蒂奇　好吧，我他妈希望是这样的。这总没错吧？

唐　是，是，你没错。

蒂奇　希望如此。

唐　你没错，等等，我得打个电话。

蒂奇　好吧。是什么东西？珠宝？

唐　不是。

蒂奇　那是什么？

唐　硬币。

蒂奇　（硬币。）

唐　是的，等等，我先打电话。

　　　　*唐找到一张卡片，拨了电话。*

　　　　（对着电话）你好？我是多尼·杜布罗。我们之前谈过，
　　　　是这样的，先生，你感兴趣的那种货，要是我能找到，你

还要吗?

**停顿。**

就那些……有年头的,是的。

**停顿。**

各种各样的。

**停顿。**

今晚,晚点儿。它们……什么!!??是的,但是我看不出那有什么问题(就我们谈妥的价格来说)……

**停顿。**

不,嘿,不,我理解你……

**停顿。**

晚点儿。

**停顿。**

百分百确定。

**停顿。**

我也这么想。好的,再见。(挂电话)他妈的混蛋。

蒂奇　对这种人,我恨不得干他们老婆。

　唐　我完全理解。

蒂奇　该死的蠢蛋……

　唐　(我对天发誓……)

蒂奇　这人收旧币?

　唐　哪个人?

**蒂奇** 电话里这个。

**唐** 是的。

**蒂奇** 另一个呢?

**唐** 我们盯着的那个?

**蒂奇** 嗯。

**唐** 他也是。

**蒂奇** 所以你们在他那儿找旧币。

**唐** 是的。

**蒂奇** ——然后电话里那人就是你的买家。

**唐** (混蛋。)

**蒂奇** 现在的问题是这混蛋抬杠。

**唐** 是的。

**蒂奇** 这男的要么是混蛋,要么不是混蛋,关你什么事? 有生意做就行。

*停顿。*

**唐** 说得没错。

**蒂奇** 拎箱子的这人,他是目标。

**唐** 是的。

**蒂奇** 你怎么找上他的?

**唐** 就在这儿。

**蒂奇** 他自己找上门的,嗯?

**唐** 是的。

蒂奇 （没扯淡吧？）

*停顿。*

唐 他那天自己来的，大概一周前。

蒂奇 来找啥？

唐 就逛逛。看看盒子里摆的东西，后来拿着那块野牛头的镍币走到我跟前……

蒂奇 哦……

唐 一九几几年的吧。（大概吧，我都不知道店里有这东西……）

蒂奇 嗯……

唐 ……然后他问："这多少钱？"

蒂奇 嗯……

唐 我正要开价说"二十五分"——够傻的吧？可我突然觉得该闭嘴，所以改问他："你说呢？"

蒂奇 生意经不错。

唐 哦，是的。

蒂奇 这么说能错到哪儿去？

唐 我也这么想。他想了下，然后说要买点其他的。

蒂奇 嗯……

*盯着窗外。*

唐 然后他就开始选……怎么？

蒂奇 有警察。

唐　哪儿?

蒂奇　拐角那儿。

唐　干什么?

蒂奇　巡逻。

　　　*停顿。*

唐　他们拐过去没?

蒂奇　（*等待*）过去了。

　　　*停顿。*

唐　……然后他开始选，挑了旧镜子……老式儿童玩具……
　　剃须用的杯子……

蒂奇　……是的……

唐　大概五六件儿吧，共八块钱。我接过来，给他包好，然后
　　他说愿意出50块买那镍币。

蒂奇　不会吧。

蒂奇　没错。所以我告诉他（我这么说的）："没门儿。"

蒂奇　（有种。）

唐　（哎，什么他妈的……）

蒂奇　（别，我说真的。）

唐　（我赌一把试试。）

蒂奇　（一点儿没错。）

　　　*停顿。*

唐　（耸肩）所以我说，"没门儿"，他又说最多可以出八

十块。

蒂奇　（我就知道。）

　唐　还有呢，我接着说，"九十五块"。

蒂奇　嗯哼。

　唐　最后九十成交，他带走了镍币，留下了之前挑的那包
　　　东西。

蒂奇　他付钱没？

　唐　那包东西？

蒂奇　是的。

　唐　没有。

　　　*停顿。*

蒂奇　那镍币有什么名堂？

　唐　不知道……因为少见？

蒂奇　九十块买个镍币。

　唐　开什么玩笑，蒂奇？我肯定它值五倍这个价儿。

蒂奇　是吧，哦？

　唐　别不信。这男的进来，一下就砸了九十块。他妈的当
　　　然值。

　　　*停顿。*

蒂奇　哦，管他呢，你又没损失什么。

　唐　重点不在这儿。第二天，他又来了，里里外外找了个遍。
　　　这里看看，那里瞧瞧。天气也不错……

蒂奇　哦……

　唐　然后他说自己昨天来过，在我这儿买了野牛币，问我还
　　　有没有其他有意思的东西。

蒂奇　嗯。

　唐　我回答他"现在没有"。他问我如果有了，可不可以通知
　　　他，我说"行"，他留下名片，让我有货了就找他。

蒂奇　哦。

　唐　他来这儿找我，就好像我他妈是给他看门的。

蒂奇　嗯嗯……

　唐　他拿了我的野牛币，还要我接着找，有了，得再通知他。

蒂奇　是的。

　唐　就这么来我店里，像卖我多大个人情似的。

蒂奇　是的。

　　　*停顿。*

　　　有些人本性难移。

　唐　像他这种人，好像来一趟，就算很给我脸了。

蒂奇　没错。（现在你要跟他没完了。）

　唐　（你知道我会的。）所以，鲍勃和我，我们盯着他的地
　　　方。就这么个事儿。

蒂奇　那小娘们儿是谁?

　唐　哪个?

蒂奇　就你问鲍勃的那个。

唐　哦，就这人，他老婆。我是说（我也不知道），我们觉得他应该结婚了。门铃上有两个名字……不管怎么说，他和这小娘们儿住一起，你懂的……

蒂奇　管他呢。

唐　……你真该见见这小娘们儿。

蒂奇　喔，是吗?

唐　尤物一个，我的意思是，长得好看得很，蒂奇。

蒂奇　（真他妈便宜那人……）

唐　有一天，就上周五，大概一周前，鲍勃跑来，拽着我去看他俩。当时他们骑自行车出门。这娘们儿的屁股，真——他——妈——绝，绷着骑行短裤，跟那自行车短把手似的，又翘又凸。

蒂奇　（他妈的基佬……）

　　　停顿。

唐　事情就是这样。我们看着他俩，他俩都出门上班……
　　　（昨天他还骑自行车上班呢。）

蒂奇　不会吧?

唐　真的。

蒂奇　（哼了一声）（穿着三件套，嗯?）

唐　我没看见，鲍勃看见的。

　　　停顿。

　　　就这事儿。厄尔牵线，让我联系上刚刚电话里那人，他收硬币，就这么回事儿。

蒂奇　正好对了路子。

唐　是的。

蒂奇　你今晚去?

唐　可能吧。

蒂奇　还有谁?

*停顿。*

唐　博比。

*停顿。*

他是个好孩子，蒂奇。

蒂奇　他很不错，唐。你知道我对这孩子有感情。

*停顿。*

我喜欢他。

唐　他干得不错。

蒂奇　看得出来。

*停顿。*

但是有些事不得不说。

唐　什么?

蒂奇　只是——我不是针对谁——

唐　什么?

蒂奇　（*停顿*）别让这孩子去。

唐　我不该让博比去?

蒂奇 是的。（慢点，等等。）我们从长计议。我们讲的是什么？忠诚。

**停顿。**

你知道我有多支持这点。这很好，为人称道。

唐 怎么？

蒂奇 这种忠诚，好极了。你为这孩子做的事很打动我。

唐 我为他做了什么，沃尔特？

蒂奇 事情啊，各种事情，你知道我的意思。

唐 不，我没为他做什么。

蒂奇 你自己觉得没有，但是依我说，你为他做的真不少。这很好，但是，我就是想说，唐，一个人可能会过于忠诚了。别做得过头了。我们现在谈的是啥？生意。

我是说，这男的有的，那啥，要是个高速搅拌机或者米罗华的啥东西，你要进去拿，倒是可以让这孩子去，但你说的可是正事儿……他那些东西又不会一下就能找到，谁知道放在哪里……

你这事儿可能得搞保险箱，肯定有一两把好锁。你需要识货的人，不会在不锈钢银器，嗯，或者什么电子表上费神。

**停顿。**

我俩都明白现在说的这事儿。你我都知道，我们谈的这事儿，可不只是这孩子来一针自嗨，再撬门进去的事儿……

唐 我不喜欢你说这些。

蒂奇 我无意的。

唐 你知道我的想法。

蒂奇 是的。对不起，唐。我欣赏你这一点，但我想说的是，别弄混了生意和心意。

唐 我只是不喜欢你这么说，蒂奇。

**停顿。**

懂吗？

蒂奇 太懂了，我道歉。

**停顿。**

对不起。

唐 我就是不喜欢别人这么说他。

蒂奇 好吧，但我得说，我很高兴自己说了出来。

唐 为什么？

蒂奇 这些事说开了最好。

唐 但我不想说开。

蒂奇 所以我道歉了啊。

**停顿。**

唐 你知道这孩子他妈的已经不沾那玩意儿了。他在努力，非常努力，你别针对他。

蒂奇 哦，是吧，他确实很努力。

唐 而且他也不傻，蒂奇。

蒂奇　绝对不傻。但我想说的是，这事他干不了。这没什么不好意思说的。又不是玩抓子游戏①，万一出状况，能放下东西拍屁股走人，对吧？你想这事搞砸吗？

　　　　停顿。

　　　　我要说的是，总有一丝可能会掉链子。你想了半天，冒险干一票，进去却可能连硬币啥的都找不到。你要是看到这一丝可能，就做不起这圣人了，唐，对吧？我想去，收拾这狗东西。好吗，唐？这有啥不好说的呢？你顾及博比，这没错。（这就是忠诚。）但是他也得考虑个人的最大利益。你也担不起（当然这只是从业务角度来说），你也担不起这风险。

　　　　（停顿。蒂奇捡起一件奇怪的东西）这是啥？

　唐　那个？

蒂奇　是的。

　唐　这东西撑死猪用的，把猪腿撑开，好放血。

　　　　蒂奇点点头。停顿。

蒂奇　嗯……

　　　　停顿。

　唐　我和他说定了。

蒂奇　"我和他说定了。"……是你定了，再说给他听。

————————

①　用石子、骰子或其他小东西玩抛接的儿童游戏。

*长久停顿。*

唐　我给厄尔十个点。

蒂奇　是吗？为啥？

唐　他牵的线。

蒂奇　那去掉百分之十，再对半分，各得百分之四十五。

*停顿。*

唐　那博比呢？

蒂奇　给个一百、一百五……我们干票大的……无论如何。

唐　那你呢？

蒂奇　我要这个机会，让我去，我进去……把那些东西拿回来

（或者拿去哪儿）……

*停顿。*

唐　那我做什么呢？

蒂奇　你坚守阵地。

*停顿。*

唐　在这儿？

蒂奇　嗯，是的……这儿就是阵地。

*停顿。*

唐　（你要知道，我们谈的可是真正的大钱。）

蒂奇　我知道，你觉得我会为点儿毛毛雨费神？

*停顿。*

来吧，跟我讲讲。

唐　　好吧，等等。我的意思是，我们还只是说说而已。

蒂奇　抱歉，我认为我们在边说边做了。

唐　　不会吧?

蒂奇　好吧，那我们再接着说。你要讨价还价? 不满意你拿的
　　　点子?

唐　　不，我只是要再想想。

蒂奇　行，你想吧，有一点倒是能帮你想清楚。拿值钱货的百
　　　分之五十，好过拿破吐司炉的百分之九十——你要是让
　　　那孩子去，就只能得到个破吐司炉啥的。( 前提还得是首
　　　先他没有触发警报⋯⋯ ) 唐? 你都没仔细想过这事儿。
　　　他住的地方，有报警器吧? 哪种报警器? 什么类型⋯⋯?
　　　如果 ( 但愿不会发生这种事 ) 那个男的回来了怎么办?
　　　有人一紧张，拿台灯狠狠砸下去——你想找麻烦——你就
　　　只有卖这镍币得来的九十块钱，关我屁事——对你就这
　　　点儿好处——想知道为什么吗? ( 我不想说⋯⋯ ) 因为你
　　　就没心思找一流的好手去干。

　　　*鲍勃拎着袋子回来。*

　　　嗨，鲍勃。

鲍勃　嗨，蒂奇。

　　　*停顿。*

唐　　给你自己买点吃的没?

鲍勃　买了派和可乐。

　　　　　　鲍勃和唐从袋子里拿出食物吃起来。

　唐　　咖啡收钱了吗？

鲍勃　　你这杯？

　唐　　是的。

鲍勃　　这次收了的。我不知道上次他们收没收，多尼。

　唐　　好的。

　　　　停顿。

蒂奇　　（对鲍勃）外面怎么样？

鲍勃　　还行。

蒂奇　　要下雨了？

鲍勃　　今天？

蒂奇　　嗯。

鲍勃　　不知道。

　　　　停顿。

蒂奇　　那你觉得呢？

鲍勃　　可能会下。

蒂奇　　你这么认为，嗯？

　唐　　蒂奇……

蒂奇　　怎么？我又没说啥。

鲍勃　　怎么了？

蒂奇　　我不认为我说了啥。

　　　　停顿。

**鲍勃** 可能会下雨。

> 停顿。

可能晚点儿。

**蒂奇** 你的派味道怎样?

**鲍勃** 很好。

**蒂奇** (拿起死猪腿撑子)知道这是什么吗?

> 停顿。

**鲍勃** 知道。

**蒂奇** 是什么?

**鲍勃** 我知道这是什么。

**蒂奇** 什么?

**鲍勃** 我知道。

> 停顿。

**蒂奇** 嗯?

**鲍勃** 什么?

**蒂奇** 东西它是什么,就是什么。

**唐** 蒂奇……

**蒂奇** 怎么?

**唐** 等会儿再说。

**鲍勃** 有事得问问你。

**蒂奇** 行,等会儿再说能有什么不同。

**唐** 等会儿再说。

蒂奇　行。

鲍勃　呃，唐？

　唐　什么？

　　　*停顿。*

鲍勃　我得和你谈谈。

　唐　是吗？什么？

鲍勃　我在想，这事你也许可以预付我一点儿。

　　　*停顿。*

　唐　你需要吗？

鲍勃　也不是需要……

　唐　要多少？

鲍勃　我想你也许可以给我五十来块吧。

　　　*停顿。*

　　　让我有点……

蒂奇　这儿有袖扣没？

　唐　盒子里找找看。（*对鲍勃*）你要干什么？

鲍勃　不干什么。

　唐　鲍勃……

鲍勃　你可以相信我。

　唐　不是我信不信，这和我相信你无关，鲍勃……

鲍勃　那和什么有关？

蒂奇　流程。

唐　等等，蒂奇。

鲍勃　我盯住他了。

　　　　停顿。

蒂奇　谁？

鲍勃　某个人。

蒂奇　是吗？

鲍勃　是的。

蒂奇　他住哪儿？

鲍勃　就这带。

蒂奇　哪儿？近吗？

鲍勃　不近。

蒂奇　不近？

鲍勃　大概靠湖滨大道那边。

蒂奇　他住那儿？

鲍勃　是的。

蒂奇　（停顿）你踩点有什么收获？

鲍勃　我只是去买咖啡。

蒂奇　但是你没带咖啡回来。

　　　　停顿。

　　　　对吧？

鲍勃　没有。

蒂奇　为什么？

　　　　　　　　　　　　　　　　大卫·马梅特剧作集

唐　等等，蒂奇。鲍勃……

鲍勃　什么？

唐　你知道吧？

鲍勃　不知道。

唐　我在想，呃，这事儿我们可能再等等。

　　　*停顿。*

鲍勃　你想等等再干？

唐　我还是等等吧。

鲍勃　哦。

唐　那个，至于钱，我给你……四十块，就当是借你二十，另
　　外二十你留着，算盯梢的。

　　　*停顿。*

　　　好吗？

鲍勃　好。

　　　*停顿。*

　　　你不让我干了？

唐　就这么定了。我跟你说什么来着？

鲍勃　让我别干了。

唐　只是暂时的。我们现在先别动手。

鲍勃　晚点儿再动手？

唐　（耸肩）你盯梢的钱，我给你二十。

鲍勃　我需要五十，多尼。

唐　　嗯，我给你四十。

鲍勃　可你刚说给我二十。

唐　　不，鲍勃，不是。我是说我给你四十，其中有二十算你欠我的。

　　　*停顿。*

　　　还有二十是你应得的。

鲍勃　我得还二十块。

唐　　就这意思。

鲍勃　啥时还？

唐　　以后吧，等不久你手头有的时候。

　　　*停顿。*

鲍勃　不久后，我如果还是没有呢？

唐　　好吧，那你说的"不久"是多久？

鲍勃　不知道。

唐　　难不成一两天光景，你就能弄到？

鲍勃　也许吧，但我觉得不行。你能给我五十吗？

唐　　那到时你还我三十？

鲍勃　我只还得上二十。

唐　　生意可不是这么做的。

鲍勃　我们可以这么做。

　　　*停顿。*

　　　多尼？我们可以这么做的，对吧？

唐　鲍勃，听着。这样吧，我给你五十，下周你还我二十五。

*停顿。*

你拿二十五，再还我二十五。

鲍勃　那这事儿呢?

唐　就没你什么事儿了。

鲍勃　你要我做什么的话，再告诉我。

唐　我不知道有什么要你做，就目前来看。

*停顿。*

你懂我的意思吗?

*停顿。*

鲍勃　不懂。

唐　我是说，我给你二十五，意思是，忘了这档子事儿，到此为止。

鲍勃　让我别管这事儿了。

唐　是的。

鲍勃　哦。

*停顿。*

好吧。好吧。

唐　你懂我的意思了?

鲍勃　是的。

唐　就像从没发生过一样。

鲍勃　我懂了。

唐　看来你懂我说的了。

鲍勃　是的。

　　　*停顿。*

　　　那我走了。

　　　*停顿。*

　　　晚点儿见。

　　　*停顿。他看向唐。*

唐　噢。（*手伸进口袋，摸出钱，给鲍勃，对蒂奇*）你有两个
　　五块吗？

蒂奇　没有。

唐　（*对鲍勃*）我给你……三十，你到时还我三十。

鲍勃　你说给我五十的。

唐　抱歉，抱歉，鲍勃，你说得一点儿没错。

　　　*他把剩下的钱递给鲍勃。*

　　　*停顿。*

鲍勃　谢谢。

　　　*停顿。*

　　　回见啊，蒂奇？

蒂奇　回见，鲍勃。

鲍勃　回见，多尼。

唐　回见，鲍勃。

鲍勃　我晚点再来。

唐　好的。

*鲍勃开始离开。*

蒂奇　回见。

*停顿。鲍勃离开。*

你只是做了正确的事，唐。

*停顿。*

相信我。

*停顿。*

这样对大家都好。

*停顿。*

事已至此。

*停顿。*

那我们开始吧。干起来。来给我说说。

唐　说什么?

蒂奇　……那家伙……住哪儿……

唐　就转角那儿。

蒂奇　好，他周末出门在外。

唐　不清楚。

蒂奇　我们当然清楚。鲍勃看到他出门，这孩子不会对你撒谎的。

唐　哦，鲍勃只看到他出来……

蒂奇　他带着箱子，唐，总不可能是去 A&P 超市①。他周末度假去了……

**停顿。**

唐，（配合下，好吗？）可以开始了吧？能告诉我硬币的事儿了吧？

**停顿。**

唐　硬币什么事儿？

蒂奇　来个速成课，要找什么，拿什么，不拿什么。（……有的可以追踪，有的不值钱……）

**停顿。**

有的看起来不怎样但其实更值钱……等等……

唐　首先，我想拿回那枚镍币。

蒂奇　多尼……

唐　不，我知道，只是他妈的一枚镍币而已……我小题大做，嗯？但我就是想拿回来。

蒂奇　你会拿到的。我进去找他的钱，都拿走，就只留下你的镍币？打起精神，唐，我们好好计划计划。这事的关键在哪儿？

**停顿。**

---

① A&P，全称 The Great Atlantic & Pacific Tea Company，是美国的食品杂货连锁超市。

我们别掉以轻心。掉以轻心，就有代价……

唐　说得没错。

蒂奇　（我当你是兄弟，唐。）所以，打起精神干吧。

　　　停顿。

　　　好吗？一个男人，走进来，穿得不错……（拎着公文包？）

唐　（不。）

蒂奇　好吧……走进旧货店找钱币。

　　　停顿。

　　　他在一堆破烂儿中找到一枚值钱的镍币。他东转转，拿起这个，西转转，又拿起那个。

唐　（他就想要那枚镍币。）

蒂奇　那还用说？他结账，花了九十拿下。

唐　（他本该花五倍的价钱。）

蒂奇　（好了，别懊恼了。）好吧，这个人很懂钱币。他会把这些东西放哪儿呢？

唐　藏起来。

蒂奇　他会藏起来，我们盯上的这个人很可能有个书房……我是说，他可不是那种会把东西收在地下室的人……

唐　没错。

蒂奇　所以我们得找到书房。

唐　（一个私室。）

蒂奇　我们还得找——他没有保险柜……

　唐　是吗……?

蒂奇　……他很可能把钱币放在……哪儿呢?

　　　*停顿。*

　唐　不知道。他桌子的抽屉。

蒂奇　(中间打开,就会一下子都弹出来的那种?)

　唐　(是的。)

蒂奇　(有可能。)这引出了一点。

　唐　什么?

蒂奇　我们今晚去找东西,进去肯定不成问题,对吧? 把那地
　　　方搞个底朝天也无所谓。其他东西呢? 我们拿,还是
　　　不拿?

　唐　……呃……

蒂奇　我不是指现金,我是说,还有其他什么东西要拿……既
　　　然我们费劲儿……

　　　*停顿。*

　唐　不知道。

蒂奇　这种事儿不好说出个道道儿来。

　唐　(你那时也会压力很大。)

蒂奇　(那倒不至于。)

　唐　(得了,总会有一点吧。)

蒂奇　(这不挺正常的?)

　　　　　　　　　　　　　　　　大卫·马梅特剧作集

唐　（是的。）

蒂奇　（不紧张才不正常呢。一个人要是不会紧张，我都不想跟
　　　他干。）

唐　（不想。）

蒂奇　（你知道为什么吧?）

唐　（知道。）

蒂奇　（那就好。）这么说出来可舒服多了。

唐　是的。

蒂奇　就是得说出来。不好的感觉、误解之类的，办事儿的时
　　　候总会有，躲都躲不过，只能面对。想考考我懂多少硬
　　　币不? 来给我秀秀那些硬币? 列出价格的……那本蓝
　　　书……?

唐　你想看那本书?

蒂奇　当然。

唐　（递给蒂奇那本讲钱币的大书）我上周才拿到的。

蒂奇　嗯哼。

唐　这些标价都不是眼下的行情……

蒂奇　嗯哼……

唐　银的……

蒂奇　（看着书）嗯哼……

唐　稀有的……

蒂奇　噢，这种货的价儿就有个准头了，对吧?

唐　那也是和没那么稀缺的货相较而言。

蒂奇　哦。

唐　但这书能让你心里有个谱。

蒂奇　你一直在看？

唐　是的。

蒂奇　那你对你的货肯定有感觉了。

唐　是这书的功劳。

蒂奇　这就是我的意思，起着决定性作用的就一件事。

唐　是啥？

蒂奇　明白自己他妈的在讲什么。做到这一点很难得，唐，非常难得。

　　1929年旧金山产的美分币，正面林肯头像、反面麦穗的那种，你觉得现在什么价？

*唐正要开口。*

　　啊！啊！啊！啊！啊！我们还得知道具体情况。

唐　（停顿）是的。什么情况？

蒂奇　都行，你来说吧。

唐　那你挑一个。

蒂奇　好吧，我选个容易的，就这个，1929年旧金山产的，具体情况是保存得相当不错。

唐　这个值……大概三十六美元。

蒂奇　不对。

唐　（少了？）

蒂奇　好吧，猜猜。

唐　告诉我是说少了还是多了。

蒂奇　你觉得呢？

唐　少了。

蒂奇　不对。

唐　好吧，大概值……我觉得是……十八块六。

蒂奇　不对。

唐　算了，不猜了。

蒂奇　就值他妈二十分。

唐　扯淡。

蒂奇　没骗你，我发誓。

唐　把那书给我。（认真查看）真难以置信。

蒂奇　这就是我所说的，唐，你得知道自己在谈什么。

唐　你想带这书去？

蒂奇　才不呢，去他妈的。我要做什么？连着几个小时翻书？重要的是心里有想法……

唐　是的。

蒂奇　那一枚，怎么样？

唐　哪一枚？

蒂奇　那人从你这儿偷的那枚。

唐　什么怎么样？

蒂奇　比如日期啊，等等。

唐　我他妈怎么知道？

蒂奇　（停顿）查了就知道。

唐　你怎么进那房子？

蒂奇　那房子？

唐　是的。

蒂奇　啊，从开着的窗户进去，或者其他什么的。

唐　嗯。

蒂奇　总会有法子。

唐　是的，还有什么法子，如果窗户行不通的话？

蒂奇　我他妈怎么知道？

　　　停顿。

　　　如果窗户不行，就想其他办法。

唐　什么办法？

蒂奇　到时候就知道了。

唐　好吧，我现在问的这些，都有可能发生。

蒂奇　嘿，你先前可没说我们还得有个测试……

唐　只是问问而已。

蒂奇　我知道。

　　　停顿。

唐　你的答案呢？

蒂奇　到时候再说。

唐　　噢，你答不上来，蒂奇?

蒂奇　你有你的事，我有我的事，唐。我可不会在这儿用理论
　　　闷死你，想想吧。

唐　　我在想啊。希望你能回答。

蒂奇　别逼我，唐。别在这儿跟我较劲。我不是其他人。

唐　　这又是什么意思?

蒂奇　就是说没人是完美的。

唐　　是不完美。

蒂奇　不完美。

　　　*停顿*。

唐　　我要叫上弗莱奇，一起干。

蒂奇　弗莱奇?

唐　　没错。

蒂奇　你要叫上他跟我们一起?

唐　　没错。

蒂奇　你跟我开玩笑吧?

唐　　没有。

蒂奇　没有? 那你干吗这么说?

唐　　你是说弗莱奇?

蒂奇　是的。

唐　　我想稳当些。

蒂奇　你想咱们稳当些。

唐　是的，我是这么想的。

蒂奇　所以你叫上了弗莱奇。

唐　是的。

蒂奇　因为我没法促成你的计划。

唐　我们只是有可能用得着他。

蒂奇　我们用不着。

唐　可能用得着，蒂奇。

蒂奇　我们用不着，唐。我们用不着这个人。

*唐拿起电话。*

怎么？你要给他打电话？

*唐点头。*

唐　占线。（*挂了电话。*）

蒂奇　他可能正在打电话。

唐　是的，有可能。

蒂奇　我们不需要这个人，唐。我们不需要他。我懂你的意思，
我懂。你觉得我一个人在那儿，你担心我动静太大，所
以问我怎么进去。我理解。我懂，完全明白。我可以从二
楼进，爬排水管，我可以……

*唐再次拨电话。*

他还在讲，还在讲呢，天哪，给他点时间，好吧？

*唐挂了电话。*

我觉得难过，唐。

唐　对不起，蒂奇。

蒂奇　我不是为自己难过。

唐　你为谁难过?

蒂奇　想想吧。

唐　得有个人殿后。

蒂奇　你把人数减下来，就不会要人殿后了。知道什么需要殿后吗? 军队。

唐　我只是说，要有什么不对劲……

蒂奇　不，不，你有自己的判断，对还是不对。嘿，他妈的多大点事。这单你说了算，没人不认。我们谈的是生意，那就来谈谈生意: 你觉得叫上弗莱奇是桩好买卖，让他来帮忙?

唐　是的。

蒂奇　哦，那好吧。

　　*停顿。*

　　你确定?

唐　是的。

蒂奇　好吧，如果你确定……

唐　我确定，蒂奇。

蒂奇　这么说，那，好吧。我担心的就这个。

　　*停顿。*

　　可能你是对的，得我们三个一起干。

唐　是的。

蒂奇　得有人看警察……给信号……

唐　是的。

蒂奇　人多好办事。

唐　是的。

蒂奇　三个人的活儿。

唐　是的。

蒂奇　你、我、弗莱奇。

唐　是的。

蒂奇　分工合作。

　　　*停顿。*

　　　（安全。体力。智力。）对吧？

唐　是的。

蒂奇　这就是说，那什么，按老办法分，对吧？先给厄尔十个

　　　点，剩下的分三份，嗯？就这么分，对吧？

唐　是的。

蒂奇　嗯，这也说得过去。

　　　*停顿。*

　　　好吧。来给我仔细讲讲安排。

唐　今晚的？

蒂奇　是的。

唐　好。

*停顿。*

我在这儿打电话……

**蒂奇** ……嗯……

**唐** ……给弗莱奇……

**蒂奇** 好。

**唐** 我们十点半、十一点碰头，在我这儿。

**蒂奇** （在这儿，我们仨……）

**唐** 好。然后再进去。

*停顿。*

嗯？

**蒂奇** 好。地方在哪儿？

**唐** 就转角处。

**蒂奇** 好。

*停顿。*

你生我气？

**唐** 没有。

**蒂奇** 来打会儿牌？

**唐** 不啦。

**蒂奇** 那我可能就回去了，眯一会儿，休息休息。晚上再来，我们再去拿那死基佬的硬币。

**唐** 没错。

**蒂奇** 我感觉要熬死了……

唐　你打完牌没睡过?

蒂奇　睡个屁。(后来又是那拉子贱人……) ①

唐　那就回去睡。不然找死吗?

蒂奇　没错。你要觉得对，就这么干，唐。

唐　我就这么干的，蒂奇。

蒂奇　相信你的直觉，不管怎样。

唐　是的。

蒂奇　我知道，我知道你是的。

　　　**停顿**。

　　　要找我，就到旅馆那边。

唐　好的。

蒂奇　如果我没在，那就是喝咖啡去了，一会儿就回。

唐　好的。

蒂奇　一会儿见，大概十一点。

唐　正点。

蒂奇　在这儿。

唐　是的。

蒂奇　别担心。

唐　我不会的。

蒂奇　我可不想听到你忧这忧那的。

---

① 蒂奇此处指他早上吃面包受鲁茜揶揄的事。

唐　不会的，蒂奇。

蒂奇　你确定要弗莱奇一起?

唐　是的。

蒂奇　那好吧，只要你确定。

唐　我确定，蒂奇。

蒂奇　那今晚见。

唐　就这么定了。

蒂奇　一会儿见。

唐　是的。

蒂奇　再见。

唐　再见。

蒂奇　走之前，有件事要说清楚，唐，我没生你气。

唐　我知道。

蒂奇　那就好。

唐　睡个好觉。

蒂奇　我会的。

　　　*蒂奇离开。*

唐　该死的生意……

　　　*灯光渐暗至黑。*

# 第二幕

唐的旧货店。当天晚上11:15。店里漆黑。唐独自一人，拿着电话听筒靠在耳边。

唐　太棒了，好好好好好。

　　停顿。

　　（该死的混球……）

　　停顿。

　　这真是太棒了。

　　唐挂了电话。鲍勃在店门前出现。

　　你来干什么？

鲍勃　我来了。

　唐　干什么？

鲍勃　我得和你谈谈。

　唐　为什么？

鲍勃　生意。

　唐　是吗？

鲍勃　我需要钱。

　唐　做什么？

鲍勃　没什么。买东西。

唐　买什么？

鲍勃　付给一个人。我找到了一枚硬币。

唐　一枚硬币？

鲍勃　野牛头的。

唐　五分镍币？

鲍勃　是的。你要吗？

　　*停顿。*

唐　你来这儿干什么，鲍勃？

鲍勃　我需要钱。

　　*唐拿过电话，拨起来，他一边听着电话响，一边跟鲍勃*
　　*说话。*

　　你想要吗？

唐　什么？

鲍勃　我的野牛币。

唐　给我看看。

　　*停顿。*

　　我得看看才知道要不要。

鲍勃　你不确定要不要？

唐　有可能要吧……我的意思是，如果它能值点儿啥的话。

鲍勃　是野牛币，值。

唐　问题是值啥。它就和其他东西一样，鲍勃，和该死的其
　　他东西一样。（*停顿。他挂了电话*）你去河边店没？

**鲍勃**　之前去了。

**唐**　弗莱奇在那儿?

**鲍勃**　没有。

**唐**　蒂奇呢?

**鲍勃**　也没有。鲁思和格蕾西①在那儿待了会儿。

**唐**　这他妈是什么意思?

　　　*停顿。*

**鲍勃**　没什么。

　　　*停顿。*

　　　只是说她们去过。

　　　*停顿。*

　　　我没其他意思……我这枚镍币……跟你说说吧。

　　　*停顿。*

　　　我可以跟你说说。

**唐**　说啥? 日期呢? 不然算个屁。

**鲍勃**　不算?

**唐**　得了吧, 博比? 硬币重要的地方……

**鲍勃**　……是?

**唐**　它具体的品相……

**鲍勃**　(好的。)

---

①　格蕾丝的昵称。

唐　……（大概……）比如上面印第安人的头发是否清晰得数得过来啥的。你得查查。

鲍勃　在那书里查？

唐　是的。

鲍勃　好的。这样你就清楚了。

唐　哦，不。我是说，你用那书，就像指示灯。（我的意思是，比如快速找到含银的硬币价格……等等……）（他挂了电话）呸。

鲍勃　怎么？

唐　这枚硬币，你要价多少？

鲍勃　就看它值多少。

唐　好吧，我们查查。

鲍勃　可你还是不清楚。

唐　但你总能有点想法，鲍勃。有点想法，就可以进行下去。

　　*停顿。*

鲍勃　那人出九十块。

唐　他就是个该死的蠢蛋，鲍勃。

　　*停顿。*

　　我蠢吗？（鲍勃，我这儿忙着呢，看到没？）

鲍勃　有的值那个价。

唐　这种货少得可怜，鲍勃，少之又少。你这枚是啥样儿的？银的？银的可能是面值的三倍价儿。给你十五美分？

鲍勃　不。

　唐　好吧。那你要多少？

鲍勃　它值多少？

　唐　我看看。

鲍勃　为什么？

　唐　得查他妈的……算了，算了。别给我看了。

鲍勃　这书顶个屁。

　唐　这书能提供想法，鲍勃，让我们有个比较的基础。

　　　瞧，我们是人，我们能说话，我们能商量，我们能做这
　　　些……你要钱？你要干什么？

　　　*停顿。*

鲍勃　我来这儿……

　　　*停顿。*

　唐　你想要什么，鲍勃？

　　　*停顿。*

鲍勃　这么晚了，你怎么还在这儿？

　唐　我们要打牌。

鲍勃　谁？

　唐　蒂奇、我、弗莱彻。

　　　*蒂奇走进店里。*

　　　几点了？

蒂奇　该死的，他怎么在这儿？

唐　这他妈都几点了？

蒂奇　弗莱彻呢？

　　　*停顿。*

　　　弗莱彻人呢？

鲍勃　嗨，蒂奇。

蒂奇　（对唐）他怎么在这儿？

鲍勃　我刚进来。

唐　你知道几点了吗？

蒂奇　怎么？我迟到了？

唐　你当然迟了。

蒂奇　我搞砸了，因为表坏了。

唐　你的表坏了？

蒂奇　才跟你说过。

唐　你的表啥时坏的？

蒂奇　我他妈怎么知道？

唐　噢，看表啊。表坏没坏，看一看就知道。

　　　*停顿。*

蒂奇　我看不到。

唐　为什么？

蒂奇　表坏了，我就取下来了。（你想干什么？）

唐　你居然不戴表。

蒂奇　是的，我没戴，多尼。当我什么呢？怎么突然冒出你这么个看管人？

**唐** 我雇你做事，蒂奇，当然希望知道你几时几刻在哪里。

**蒂奇** 多尼，不是你雇我，是咱们一起干。这我可清楚得很。表坏了，是我自己的事儿。咱们要干的，才是你我该关心的，也是弗莱彻关心的。你想找碴儿，突然搞内讧，弄个你死我活，就来吧，但生意可不是这么做的。

*停顿。*

所以，谁一时说得上来几点了？收音机里的混蛋？电话报时的娘们儿？

*停顿。*

哦，明白了，神经紧张。

**唐** 不关他妈什么紧张的事儿，蒂奇。

**蒂奇** 没有吗？

**唐** 没有。

**蒂奇** 哦，很好，那很好。那么我们下面谈什么？迟到一会儿？又不是没来由的，就他妈迟了一会儿？有人有点儿合情合理地兴奋？

*停顿。*

**唐** 我不喜欢你这么说。

**蒂奇** 那就不喜欢好了。开干吧，领自己的差，我的、你的。博比——他妈的，真搞不懂他怎么在这儿……

**唐** 别惹他。

蒂奇　我现在就盯上他了。

　唐　别惹他。

蒂奇　他怎么在这儿?

　唐　他才来。

鲍勃　我找到一枚镍币。

蒂奇　嘿，太棒了。

鲍勃　你想看看?

蒂奇　好，就请给我看看吧。

鲍勃　(递给蒂奇包在布里的镍币)我喜欢这上面的艺术。

蒂奇　嗯哼。

鲍勃　它看起来像那么回事儿。

蒂奇　(对唐)值钱吗?

鲍勃　还不清楚。

蒂奇　哦。

鲍勃　我们正要查呢。

蒂奇　啊，什么? 今晚?

鲍勃　我想是的。

　唐　(挂了电话)操!

蒂奇　他人呢?

　唐　我他妈怎么知道?

蒂奇　他说了要来?

　唐　是的，他说了，蒂奇。

鲍勃　弗莱彻?

蒂奇　人呢? 他, 怎么又在这儿?

唐　别惹他, 他一会儿就走。

蒂奇　他会走, 对吧?

唐　是的。

蒂奇　你确定这不会像保龄球比赛吧? 弗莱奇没来, 我们就让
　　　博比整装上场, 让他来。他入伙儿了?

　　　*停顿。*

　　　啊, 操, 对不起。我过火了, 对不起, 对不起。

　　　(这儿谁都可以犯错, 就我不行。) 对不起, 鲍勃, 非常
　　　对不起。

鲍勃　没关系, 蒂奇。

蒂奇　我就是想说, 我们给你这么一身儿, 像踢足球的……

　　　*停顿。*

　　　而你就(你知道的, 就像, 那什么……), 你就加入了。

　　　(*停顿。对唐*)那你想让我怎么干? 扮装, 把他舔个遍?
　　　我都说了对不起。你让我能怎么想, 呃? 首先, 我来了,
　　　我迟到了……他却在这儿……

　　　*停顿。*

唐　博比, 明天见, 好吗?

　　　*他拿起电话开始拨号。*

鲍勃　我需要钱。

蒂奇　（摸口袋）你要干什么？

鲍勃　我想卖野牛币。

蒂奇　我买。

鲍勃　我们还不知道它值多少。

蒂奇　你想要多少？

鲍勃　五十块。

蒂奇　你真他妈疯了。

　　　　*停顿。*

　　　　好，这儿有五块，拿了滚，好吧？

　　　　*停顿。*

鲍勃　不止这个价。

蒂奇　你他妈怎么知道？

鲍勃　我觉得是。

　　　　*停顿。*

蒂奇　好吧。这五块你留着，算是借你的。这该死的镍币你也
　　　　留着，就当是贷款给你了。现在，走吧。

　　　　*他把镍币还给了鲍勃。*

　唐　（挂了电话）操！

鲍勃　钱不够。

蒂奇　（对唐）给这小子几块。

　唐　啥？

蒂奇　给他点钱。

唐　为啥？

蒂奇　这枚镍币。

　　　*停顿。*

鲍勃　我们可以明天查查书。

唐　（对蒂奇）你买了？

蒂奇　烦不了了。给他点钱，打发了。

唐　多少？

蒂奇　什么？随便……

唐　（对鲍勃）要多少……（对蒂奇）我他妈为什么要给他钱？

蒂奇　你给他好了。

唐　多少？十块？（*停顿。摸口袋，给鲍勃钱*）怎样，鲍勃？（*停顿。又给了些钱给鲍勃*）行了吧？

鲍勃　我们再查查。

唐　好了吧，嗯？明天见。

鲍勃　然后我们就查查。

唐　好。

鲍勃　（对蒂奇）你该和鲁茜谈谈。

蒂奇　哦，我应该，是吗？

鲍勃　是的。

蒂奇　为什么？

鲍勃　因为。

　　　　　　*停顿。*

蒂奇　　明天见，博比。

鲍勃　　再见，蒂奇。

蒂奇　　再见。

　唐　　再见，鲍勃。

鲍勃　　再见。

　　　　　　*停顿。鲍勃离开。*

　唐　　浑小子……

蒂奇　　现在弗莱彻人呢？

　唐　　放心，他会来的。

蒂奇　　问题是什么时候来。他的表可能也坏了。

　唐　　可能是的，蒂奇。可能他的表真坏了。

蒂奇　　我的表可能没坏，你是这意思吧？打赌吗？他妈的赌一
　　　　把，来不来？你口袋里有多少钱？你口袋里所有钱赌我
　　　　口袋里所有钱，我现在就出去，把坏表拿回来。

　　　　　　*停顿。*

　唐　　冷静。

蒂奇　　我冷静啊，只是不爽。

　唐　　我知道。

蒂奇　　我到了，他又在哪儿？

　唐　　别担心。

蒂奇　　那到底是谁在担心？

**唐** （他妈的！）

**蒂奇** 这应该能说明问题了。

**唐** 说明不了什么。这人只是迟到了。

**蒂奇** 噢，我不也只是迟到了吗？

**唐** 你也迟到了。

**蒂奇** 我他妈是迟到了，但我可没少挨训。

**唐** 他迟到，是有原因的。

**蒂奇** 在我这儿可说不通。

**唐** 你怎么想是你的事儿。

**蒂奇** 鲍勃刚刚怎么也在？

**唐** 他给你说过了，他想把他的镍币卖给我。

**蒂奇** 他来就为这个？

**唐** 是的。

**蒂奇** 就为卖那野牛币给你？

**唐** 是的。

**蒂奇** 他哪儿搞到的？

**唐** 可能跟谁买的。

**蒂奇** 谁？

　　　　*停顿。*

**唐** 不知道。

　　　　*停顿。*

**蒂奇** 弗莱彻人呢？

唐　不知道，他会来的。

　　　拿起电话开始拨号。

蒂奇　他会来的。

唐　是的。

蒂奇　他现在没来。

唐　没有。

蒂奇　你查过那家伙的房子没？

唐　那家伙？没查过。

蒂奇　哦，那咱们得查。（他没在家，就挂电话。）

唐　（挂了电话）你想查他的房子。

蒂奇　是的。

唐　为什么？鲍勃看到他已经拎箱子出门了。

蒂奇　只是确认一下，嗯？

唐　嗯，好吧。

蒂奇　没错，现在就打给他。

唐　给他家打电话。

蒂奇　对。

　　　停顿。

唐　好主意。（他拿起电话，找到那个人的号码，开始拨号。自言自语）值得一试。

蒂奇　要有计划……有准备。如果他接电话……

　　　唐"嘘"声示意蒂奇。

我是告诉你，如果他接电话，你要怎么做。

唐　怎么做?

蒂奇　挂电话。(唐准备挂电话)不，现在别挂电话。还是先挂了，挂了吧!

唐挂了电话。

这么说吧:如果他接电话……

唐　……嗯?

蒂奇　别他妈让这人起疑。

唐　行。

蒂奇　他可能没在，但如果他接电话了，你就说打错了什么的。别废话。

停顿。

把电话给我。

唐把电话递给蒂奇。

名片给我。

唐把名片递给蒂奇。

这就是他的号码? 221-7834?

唐　是的。

蒂奇　(哼了一声)好的，我拨过去，找一个叫琼的人，再跟他确认电话号码。

停顿。

我们会这么问:"这儿是221-7834吧?"

唐　……嗯？

蒂奇　然后对方会说："不是。"（我是说会问"－7843"。实际
　　　上是"－7834"。）

　　　所以我们会非常简单地问，"这儿是221-7843吧？"，对
　　　方说"不是"，那就确定了这个人在家，而我们也不会
　　　穿帮。

唐　好的。

　　　*蒂奇拿起电话，拨号。*

蒂奇　（对着电话）嗨，是的，我找……呃……琼在吗？

　　　*停顿。*

　　　好吧，这儿是221-7843吗？

　　　*停顿。*

　　　是的？哦，瞧，我肯定是搞错号码了。对不起。

　　　*他挂了电话。*

　　　（太古怪了。）那个号码再给我读一遍。

唐　221-7834。

蒂奇　好的。（拨完电话，听着）没人在家。看，这就是谨慎的
　　　做法……（停顿。挂了电话）你要来试试吗？

唐　不用。

蒂奇　我不介意你小心谨慎，唐。这完全不碍事儿。我生气的，
　　　是你会松懈。

唐　你什么意思？

蒂奇　你知道我什么意思。

　唐　不，我不知道。

蒂奇　你知道。我到这儿，那小子也在。

　唐　他什么都不知道。

蒂奇　他不知道？

　唐　不知道。

蒂奇　那他来这儿干什么？

　唐　卖给我那枚野牛币。

蒂奇　偏要今晚卖？

　唐　是的。

蒂奇　一枚值钱的野牛币。

　唐　还不清楚。

　　　*停顿*。

蒂奇　弗莱奇人呢？

　唐　不知道。

　　　*拿起电话，拨号*。

蒂奇　他没在家，他没在家，唐。他出去了。

　唐　（对着电话）你好？

蒂奇　他在？

　唐　我是多尼·杜布罗。

蒂奇　河边店？

　唐　我找弗莱彻。

*停顿。*

*好的，谢谢。*

*他挂了电话。*

蒂奇　衰人就该用马鞭抽抽。

　唐　他会来。

蒂奇　河边店也操蛋。(外卖咖啡要三十七美分……)

　唐　是的。

*拿起电话。*

蒂奇　十六年都去那儿，这需要极大的勇气。这可不是自由竞
　　　争的进取精神。

　唐　不是。

蒂奇　你知道什么是自由竞争的进取精神吗?

　唐　不知道。是什么?

蒂奇　自由……

　唐　……嗯?

蒂奇　个人的自由……

　唐　……嗯?

蒂奇　任何他妈的手段都能用，只要自己觉得合适就行。

　唐　嗯哼……

蒂奇　得攥紧难得的赚钱机会。这么做不过分吧?

　唐　不。

蒂奇　我这做法，像共党吗?

唐　　不。

蒂奇　这是这个国家的基础，唐，你知道的。

唐　　你找时间眯会儿没?

蒂奇　眯眯眯眯眯，多大点儿事。

唐　　（停顿）是的。

蒂奇　没有这个基础，我们就只是野地里原始的笨蛋。

唐　　是的。

蒂奇　坐在熊熊的篝火旁。这就是我恼鲁茜的原因。

唐　　是的。

蒂奇　（鬼地方冒出来的男人婆……）把这些混蛋都送去集中
　　　营。你觉得去那里的人有得选吗?

唐　　不。

蒂奇　他们是给硬拖去的，唐……

唐　　……是的。

蒂奇　又踢又叫。把那该死的电话给我。

　　　*蒂奇拿过电话，听着。挂掉。*

　　　他没在家。我得说，去他妈的混蛋。

唐　　他会来的。

蒂奇　你相信?

唐　　是的。

蒂奇　那你这是满嘴屁话。

唐　　别跟我这么说话，蒂奇。别说我满嘴屁话。

**蒂奇** 对不起。你要我帮忙吧？你就是这么跟我算账的。我是说，我们都在这儿……

**唐** 我只是，不想说这些。

**蒂奇** 唐……我跟你直来直去，是因为尊重你。要么碾压别人，要么被别人碾压，唐，我得这么跟你说，不然就是骗你。

**唐** 什么让你突然变成了这么个生活权威？

**蒂奇** 我的生活，伙计。还有我讨生活的法子。

*停顿。*

**唐** 这又是什么意思，蒂奇？

**蒂奇** 什么意思？

**唐** 是的。

**蒂奇** 什么意思？

**唐** 是的。

**蒂奇** 没什么意思。什么意思也没有。我想告诉你的就是，机会是你自己的，就这一晚上。知道的人太多了。我想说的就是，抓住你的机会。

**唐** 有谁知道？

**蒂奇** 你和我。

**唐** 是的。

**蒂奇** 鲍勃和弗莱彻。厄尔、你电话里那联系人，可能还有格蕾丝和鲁茜。

**唐** 格蕾丝和鲁茜不知道。

蒂奇　谁知道她俩呢？我想给你说的就是，不是什么事情都摆在台面上，一清二楚，就像弗莱彻搞到铸铁件儿那次。

唐　那又是怎么回事？

蒂奇　他偷了鲁思的铸件儿。

唐　（我听说了……）

蒂奇　那是事实。事实就是事实。我们得面对事实，行动起来。你最好醒醒，唐，就现在，不然等事情发生了，转头才发现他已经把东西搞到手了。

唐　他不会做这种事的。

蒂奇　他会的。他是野兽。

唐　他没有地址。

蒂奇　他不知道地址哦。

唐　不知道。

蒂奇　那还算明智。我们现在就去，把我们的东西拿回来。

唐　可我们已经和他说好了。

蒂奇　和弗莱彻？

唐　是的。

蒂奇　那我们之前还和博比说好的呢。

唐　你什么意思？

蒂奇　没什么意思。

唐　没有吗？

蒂奇　没有。

唐　你这么说是什么意思？

蒂奇　什么意思也没有。

唐　你没有？

蒂奇　没有。

唐　你满嘴屁话，蒂奇。

蒂奇　我是的。

唐　确实。

蒂奇　就因为我有种面对事实？

停顿。

你有时吓我一跳，唐。

唐　哦，是吗？

蒂奇　是的。我不想在这儿跟你扯，现在情况不妙，等完事儿了我们再来说清楚。正事要紧，对吧？这个回头再说。走吧，快。

唐　我们等他一起。

蒂奇　弗莱彻。

唐　没错。

蒂奇　为什么？

唐　理由很多。

蒂奇　说一个来听听。给我一个好理由，为什么我们还坐在这儿，说清楚了我就坐下，闭口不提。一个理由，就一个。说吧，我听着。

唐　他知道怎么进去。

*停顿。*

蒂奇　晚安，唐。

*他往门口走。*

唐　你去哪儿？

蒂奇　回家。

唐　你要回家？

蒂奇　是的。

唐　为什么？

蒂奇　你耍我呢。就这样吧。

唐　等等。你说说看，我怎么耍你了？

蒂奇　得啦，唐。

唐　你还让我给个理由。

蒂奇　你真可笑。

唐　是吗？

蒂奇　是的。

唐　那回答我。

蒂奇　你问我什么？

唐　弗莱奇知道怎么进去。

蒂奇　"进去"。这就是你给的理由？

唐　是的。

*停顿。*

蒂奇　他妈的，难不成他们住诺克斯堡①?（还"进去"。）（哼了一声）你破窗进去，再不济也可以踢后门进去。（你以为这是在中世纪吗？）

　唐　他如果有保险柜怎么办?

蒂奇　多大点儿事。

　唐　怎么讲?

蒂奇　你想知道怎么对付保险柜?

　唐　是的。

蒂奇　对付保险柜……就找密码啊。

　唐　找他写密码的地方?

蒂奇　是的。

　唐　要是他没写下来呢?

蒂奇　他写下来了。他总得写下来。不然忘了怎么办?

　唐　如果他不会忘呢?

蒂奇　他肯定得忘，唐。人性就这样。关键是，即使他没忘，那又是为什么?

　唐　为什么?

蒂奇　因为他写下来了啊。

　　　停顿。

---

① 美国军事基地，位于肯塔基州北部，是美国联邦政府存放大批黄金的地方，安保极为严密。

这就是他为什么要写下来。

*停顿。*

对吧？倒不是说他就是个他妈的草包，连自己的保险柜密码都记不住……只是说，假如他不知道怎么给忘了（但愿不会发生这种事）……他已经写下来了。

*停顿。*

这是常识。

*停顿。*

把东西放保险柜里有什么好？每次他想拿东西，还得写信去问厂家。

唐　那他把密码写在哪儿？

蒂奇　有区别吗？走……我们这就去，我找到密码，顶多一刻钟。

*停顿。*

可能有很多地方，但人逃脱不了习惯。人的习惯不会在一夜之间改变。这可不像人。（如果变了，肯定有很充分的理由。）瞧，唐，你要想记住什么（你得写下来），你会把写下来的东西放在哪儿？

*停顿。*

唐　我的钱包里。

*停顿。*

蒂奇　一点儿没错！

*停顿。*

行了吧?

**唐**　如果他没写下来呢?

**蒂奇**　他写下来了。

**唐**　我知道,但是,我是说,就再举个例子,假设我想到有个人……

**蒂奇**　你拿某个人举例……

**唐**　(某个其他的人……)

**蒂奇**　……他没把密码写下来?

*停顿。*

**唐**　是的。

**蒂奇**　哦,这就是另一回事了。

*停顿。*

你懂我的意思吗?

**唐**　懂。

**蒂奇**　这得另说,这人,他把东西放保险柜里,密码又没写下来……

*停顿。*

唐……?

**唐**　怎么?

**蒂奇**　你怎么知道他没写下来?

**唐**　(我,你知道的,我只是就这么一说。)

*停顿。*

**蒂奇** 噢，那就是没有事实基础。

*停顿。*

你懂我的意思吗？

我可以坐在这儿，跟你说这说那，他妈的任何事，只要你想问，我就能答，但这有什么用呢？

你可没说他没把密码写下来，你说的是担心找不到密码，这再正常不过了，因为你不知道去哪儿找。我现在想的，就是你能给点儿信任。

**唐** 我不知道。

**蒂奇** 这样啊，那啥，去你的！（这一整天的，格蕾丝和鲁茜，天哪！）我一直站在这儿劝你做什么？我低声下气站在这儿恳求你为自己打算，这又是在做什么？真不敢相信，唐。如果之前有人给我说我会为你……（或者为其他人）做这些，我会说他是骗子。（我来这儿就是犯贱。）我不是弗莱奇，唐，不是的，但你该感谢上帝，幸好我不是他。（你不停叨叨"他打得一手好牌"……）他出老千，唐。他打牌不老实——就是弗莱彻，你一直在等的这个人。

**唐** 他不老实？

**蒂奇** 他妈的绝对错不了，是的。

**唐** 你从哪里听说的？

*停顿。*

胡说，沃尔特。你说弗莱奇打牌不老实？

*停顿。*

你看见了，你看见他玩儿花样？

*停顿。*

你敢这么说吗？

蒂奇 （那叫什么来着，就说他总是最后一个知道真相的人。）

唐 得啦，沃尔特，我是说，硬币这事儿到此为止，啥都别讲了。

蒂奇 你活在自己的世界里，唐。

唐 弗莱奇打牌出老千？

蒂奇 是的。

唐 我才不信。

蒂奇 啊，你受不了真相。

唐 不，不好意思，我他妈也在场呢。

蒂奇 但你不知道发生了什么。

唐 在我店里我可不会惹弗莱彻……他可以随时把我干掉，分分钟的事儿。

你说这些什么意思，沃尔特？就是蛊惑人，我不想听。

*停顿。*

蒂奇 你要说的就这些？

唐 是的，就这些。

*停顿。*

蒂奇　你回想下，多尼，昨晚，那一手牌，你输了两百块。

　　　　*停顿。*

　　　　你拿了一手顺①，没叫牌。而我还没到叫牌，就给比下去了。

　唐　是的。

蒂奇　他拿的什么？

　唐　同花②。

蒂奇　没错，他要了几次？

　唐　什么？

蒂奇　他要了几次牌？

　　　　*停顿。*

　唐　一次？

蒂奇　不，两次，唐，他要了两次。

　　　　*停顿。*

　唐　对。他那把是要了两次牌。

蒂奇　你没要新牌，他要了两次，你三十块开他的牌？他摸了两张，做成了同花？

　唐　（*停顿*）那又怎样？

————————

① Straight，一手顺，也叫顺子，指扑克牌中不限花色，但数字连续的一组牌。

② Flush，一组同样花色的牌，不要求牌值一样。

蒂奇　他那该死的弗雷斯卡①洒了吧?

唐　嗯?

蒂奇　噢,这你记得的吧?

唐　(停顿)记得。

蒂奇　我们都看地上去了。

唐　是的。

蒂奇　我们看回来的时候,他就拿出了大老 K 同花②。

　　　停顿。

　　　就在他摸了两张牌之后。

　　　停顿。

　　　你打得挺好的,唐。你觉得自己赢了他,你的感觉没错。

　　　停顿。

唐　摸到好牌也是有可能的。

蒂奇　多尼……

唐　什么?

蒂奇　他亮出五张牌,红桃同花,K 最大。

　　　停顿。

唐　那又怎样?

蒂奇　我站在这儿对天发誓,你加注时,我觉得赢不了,就趴

---

① 美国一种汽水饮料品牌。
② 一组同样花色的牌,且其中最大的那张是国王(King)。

了①，扔掉的牌里面就有红桃 K。

**停顿。**

唐　你没揭穿他。

蒂奇　没有。

唐　为什么没有?

蒂奇　(他没地址吧，那个人的?)

唐　跟你说过了，他没有。

**停顿。**

他出老千，你却什么都不说?

蒂奇　挑事儿可不是我的责任。我又不是你的保姆。得面对事
实，好吧。

唐　我简直不敢相信，蒂奇。

蒂奇　(友谊真奇妙。)

唐　你一个字儿都不说?

蒂奇　我现在跟你说了。

唐　他出老千，你却什么都不说?

蒂奇　唐，唐，我知道你生气了，你发现他是个骗子……

唐　这是你的说法。

蒂奇　是我说的，没错。我一开口，我的话就常常成为别人的
依据啊，这你注意到没? 你估摸着，我在这事儿或任何

---

① 打牌过程中，弃牌的做法是牌面朝下放在桌上。

事上跟你撒谎，他妈的，我也不生气。醒醒吧，伙计。骗人的不是我。我知道你没生我气，你生谁的气？谁在糊弄你，唐？谁没来？是谁？

**唐** 鲁思知道他出老千吗？

**蒂奇** 这婊子和谁一伙儿？

**唐** 他？

**蒂奇** （*停顿*）你知道他们昨天打牌赢了多少吗？

**唐** 嗯？

**蒂奇** 好吧，也有可能是我错了。

**唐** 别在这儿糊弄我，蒂奇。

**蒂奇** 我不会糊弄我的朋友，唐。我不会糊弄我的事业伙伴。我是生意人，来这儿做买卖的，来这儿面对事实。

（你能睁眼看看吗……？）鲍勃这小子进来，带了枚硬币，就像你之前的那枚……要入伙的弗莱彻人影儿都没了，我们都不知道他在哪儿。

*停顿。*

这不对劲，有人捷足先登了。

*停顿。*

弗莱彻，还不见人。好吧，就算我不知道原因，你也不知道原因，但我知道我们最好动起来，我们最好开干，唐。

*停顿。*

现在几点？

唐 夜里十二点了。

*停顿。*

蒂奇 我现在就去。给我地址。

*蒂奇拿出左轮手枪，开始上膛。*

唐 那是什么？

蒂奇 什么？

唐 那个。

蒂奇 这"枪"？

唐 是的。

蒂奇 这看着像什么？

唐 一把枪。

蒂奇 这确实是一把枪。

唐 *（起身走到中间）*我不喜欢。

蒂奇 那就别看。

唐 我说正经的。

蒂奇 我也是。

唐 我们用不着枪，蒂奇。

蒂奇 但愿用不着，唐。

唐 我们用不着，说说看为什么要带枪。

蒂奇 我们需不需要枪，这用不着问……当然需要……只有带
上枪，我才自在，行了吧？枪能让我放松。

如果有些事不可避免（但愿不会那样），那么选择就是

（当然我说了"但愿不会那样"）要么是他，要么是我们。

**唐** 谁？

**蒂奇** 那个人。我是说（但愿不会那样）那个人（或者某个人）进来，手里拿着把刀……从磁板上拿下来的切菜刀……？

**唐** 嗯？

**蒂奇** ……上面还有两根磁条……？

**唐** 然后呢？

**蒂奇** 杀人，有人失血过多而死。就是这样。带枪只是吓吓人。

**停顿。**

这世上所有的准备都算不上什么。遇上发狂的疯子，会认为你侵犯了他的私人领地。人是会发疯的，唐，你知道的，吃公家饭的人啊……斧头帮啊……我的意思是，你得顾好自个儿。

**唐** 我不喜欢这枪。

**蒂奇** 这只是我的个人物品，唐，私人物件儿、随身物品，没头没脑的，我就想带着。不算过分吧？

**唐** 我不想带。

**蒂奇** 不带枪，我就去不了。

**唐** 你为什么要带？

**蒂奇** 保护我们啊。自保、镇场子。（天哪，我们只要走到那该死的转角就好……）

唐　我不想带枪。

蒂奇　这我不能让步，唐，我得带着它，万物之光啊。

唐　为什么？

蒂奇　因为事情本就如此。（他看向窗外）等等。

唐　弗莱彻来了？

蒂奇　警察。

唐　他们在干吗？

蒂奇　巡逻。

　　　停顿。

唐　过了转角没？

蒂奇　等等。

　　　停顿。

　　　过了。

　　　他们很明智，全副武装，警棍、催泪瓦斯、匕首……谁知
　　　道他妈的还有些什么。他们脑子清楚着呢，习俗崩了，
　　　接下来人人都躺阴沟里。

　　　响起一阵敲门声。

　　　（低下来。）（关灯。）

唐　（我看看是谁……）

蒂奇　别回话。

鲍勃　（从门后）多尼？

蒂奇　（这下好了。）

　唐　（是博比。）

蒂奇　（我知道。）

鲍勃　多尼?

　　　*停顿。*

蒂奇　（别让他进来。）

　唐　（他知道我们在。）

蒂奇　（那就让他走开。）

鲍勃　我有话跟你说。

　　　*唐看向蒂奇。*

　唐　（对鲍勃）什么事?

鲍勃　我能进去说吗?

蒂奇　（就让他在外面。）

　　　*停顿。*

　唐　鲍勃……

鲍勃　嗯?

　唐　我们正忙着呢。

鲍勃　我得跟你谈谈。

　　　*唐看向蒂奇。*

蒂奇　（就他一个人?）

　唐　（应该是吧。）

蒂奇　（停顿）（等等。）

蒂奇开门，把鲍勃拉了进来。

怎么，鲍勃？你要干什么？你知道我们有事要做，用不着你来，你来干什么？你想怎样？

**鲍勃** 想跟唐谈谈。

**蒂奇** 噢，唐不想跟你废话。

**鲍勃** 我得跟他谈谈。

**蒂奇** 什么都不用你做，鲍勃，就算我们叫你做，你也用不着做。

**鲍勃** 我得和多尼谈谈。（对唐）我能跟你谈谈吗？（停顿。对唐）我来这儿……

**唐** 嗯？

**鲍勃** ……河边店？

**唐** 嗯？

**鲍勃** 格蕾丝和鲁茜……他进医院了，弗莱奇。

停顿。

我只是想，就是说，来这儿。我知道你们只是在打牌……现在。我不想吵到你们，但是他们……我发现他进了医院，就来这儿……跟你说。

停顿。

**蒂奇** 怎么回事？

**鲍勃** 他被抢了。

**蒂奇** 扯淡。

鲍勃　可能是些墨西哥人干的。

　　　蒂奇哼了一声。

　　　是的，他进医院了。

蒂奇　你明白了，唐？

　唐　他被抢了？

鲍勃　是的，格蕾丝她们刚回来，他的下巴给打坏了。

蒂奇　他的下巴给人打坏了。

鲍勃　是的，打坏了。

蒂奇　现在他在医院。格蕾丝和鲁茜才从那儿回来。你觉得你
　　　得来说一声儿。

鲍勃　是的。

蒂奇　噢，现在怎么样，唐？弗莱奇正在共济会医院，胳膊上打
　　　着吊针，啊哈，这个怎么样？

　唐　严重吗？

鲍勃　他下巴给打坏了。

　唐　其他呢？

鲍勃　不知道。

蒂奇　如果下午我这么跟你说，你信吗？

　唐　什么时候的事儿，鲍勃？

鲍勃　大概之前吧。

　唐　之前，呃？

鲍勃　是的。

蒂奇　现在没啥可说了吧，唐?

鲍勃　我们明天去看他。

　唐　什么时候?

鲍勃　不知道。上午吧。

　唐　她们上午有时间去?

鲍勃　我想是的。

蒂奇　嘿，谢谢你跑来。你干得真不赖，来这儿一趟。

鲍勃　是吗?

蒂奇　（对唐）他干得真不赖，来这儿一趟，是吧，多尼?

　　　（对鲍勃）我们真欠你的。

鲍勃　为什么?

蒂奇　你来这儿一趟啊。

鲍勃　欠什么?

蒂奇　东西。

鲍勃　比如?

　唐　他也不知道。他是说他觉得我们欠你，但现在想不起来
　　　欠什么。

鲍勃　谢谢，蒂奇。

蒂奇　没事，鲍勃。

　　　*停顿。鲍勃准备离开。*

　　　等会儿。

鲍勃　好的，就一会儿。

蒂奇　怎么? 你忙?

鲍勃　我有, 就是说, 有些事要做。

蒂奇　有什么事? "赴约"?

鲍勃　不是。

蒂奇　那是什么事儿?

鲍勃　买卖。

　　　*停顿。*

　唐　她们把他送去哪儿了, 鲍勃?

　　　*停顿。*

鲍勃　呃, 共济会。

　唐　我想她们午饭前都没时间去。

鲍勃　那我们就等到那时候再去。我要走了。

蒂奇　等等, 鲍勃。我觉得既然你来了, 我们得照顾一下你。

鲍勃　没事, 回头见。

　唐　过来一下, 博比。

鲍勃　怎么, 多尼?

　唐　发生什么事了?

鲍勃　现在?

　唐　是的。

　　　*停顿。*

鲍勃　没事。

　唐　我是说怎么回事, 鲍勃?

鲍勃　我不知道。

　唐　你那枚镍币哪儿来的?

鲍勃　什么镍币?

　唐　你知道我说的镍币,鲍勃,我说的那枚。

鲍勃　我从一个人那儿得到的。

　唐　什么人?

鲍勃　市中心遇到的一个人。

蒂奇　他穿什么?

鲍勃　衣服。

　　　*停顿。*

　唐　你怎么从他那儿得到的,鲍勃?

鲍勃　我们大概谈了下。

　　　*停顿。*

　唐　你知道吗?你看起来有问题,鲍勃。

鲍勃　我要迟了。

　唐　午夜都过了,鲍勃。你急着去做什么?

鲍勃　没什么。

　唐　(很悲伤)天哪,你在耍我吗?

鲍勃　没有。

　唐　(博比。)

　唐　我没有耍你,多尼。

　　　*停顿。*

唐　弗莱奇在哪儿？

停顿。

鲍勃　共济会。

唐打电话，拨通问讯处。

唐　（对着电话）请找下共济会医院。

鲍勃　……我觉得……

唐　（对鲍勃）什么？

鲍勃　他可能不在共济会医院。

唐　（对着电话）谢谢。（挂电话，对鲍勃）这又是怎么回事？

鲍勃　他可能没在那儿……

唐　你刚说他在那儿。

鲍勃　是的，我只是，嗯，我说过。我真记不清她们怎么说的，
鲁茜她们。

蒂奇　（鲁茜。）

鲍勃　……所以我就……说的共济会医院。

唐　为什么？

鲍勃　我想是那儿。

停顿。

唐　嗯哼。（对着电话）是的，我找一个刚刚入院的人，叫弗
莱彻·波斯特。

停顿。

就刚才，不久前。

停顿。

谢谢。（停顿。对鲍勃和蒂奇）她正在查。（对着电话）
没有？

**鲍勃** （我刚跟你说……）

**唐** 确定吗？

停顿。

谢谢。（挂断电话，对鲍勃）他没在那儿。

**鲍勃** 我跟你说过。

**蒂奇** （我跟你说什么来着，唐？）

**唐** 他在哪儿？

**鲍勃** 其他地方。

**唐** （真让我抓狂……）博比……

**鲍勃** 嗯？

停顿。

他的下巴让人给打坏了。

**唐** 谁干的？

**鲍勃** 一些说西班牙语的家伙吧。我不知道。

蒂奇哼了一声。

他们干的。

**唐** 谁？

**蒂奇** 是的。

**唐** "他们"是谁？鲍勃，你说的"他们"指谁？

蒂奇　鲍勃……

鲍勃　……嗯?

蒂奇　你说的那些人是谁?

鲍勃　他们打坏了他的下巴。

蒂奇　他们就那么想的,突然就把他下巴打坏了?

鲍勃　他们不在意打的是谁。

蒂奇　不在意?

鲍勃　是的,蒂奇。

蒂奇　那又是谁这么偶然地挑了他,嗯? 格蕾丝和鲁茜?

鲍勃　她们不会干这种事。

蒂奇　我可没说她们会。

鲍勃　(对唐)他是什么意思,多尼?

蒂奇　鲍勃,鲍勃,鲍勃……我的意思是……

　　　*停顿。*

　唐　弗莱奇在哪儿,博比?

鲍勃　医院。

蒂奇　医院个鬼。

鲍勃　我听到的,他就是在医院,蒂奇。

蒂奇　喂,别跟我耍小聪明,鲍勃,别跟我耍小聪明,小兔崽
　　　子,我们一整天累死累活,都是为这事儿。我可不想看
　　　你玩两面派(跟着格蕾丝和鲁茜瞎混,现在又跑过
　　　来……),你得说老实话,懂了吗?

停顿。

问你呢。懂了吗?

唐　你最好回答他。

鲍勃　我懂。

蒂奇　来,我们把话说清楚:忠诚在这种时候顶个屁;我不知道你和他们在搞什么,我也不在乎,但你不能对我们藏着掖着。

鲍勃　他可能去了别的医院。

蒂奇　哪家?

鲍勃　哪家都有可能。

唐　那你怎么说"共济会"?

鲍勃　我就是想到了。

蒂奇　好,好……鲍勃?

鲍勃　……嗯?

蒂奇　我想你告诉我们,就现在(这也是为了你好),怎么回事,有什么阴谋……弗莱彻在哪儿……你知道的事,统统告诉我们。

唐　(轻声地)简直难以置信。

鲍勃　我什么都不知道。

蒂奇　你不知道,呃?

鲍勃　不知道。

唐　你知道些什么,都告诉他,鲍勃。

**鲍勃**　我不知道这个，多尼。格蕾丝和鲁茜……

　　　　*蒂奇抓过手边的东西，狠狠砸向鲍勃头的侧面。*

**蒂奇**　去你的，格蕾丝和鲁茜，你这个白痴。让你耍花样，踢死你这狗东西。（管你是谁……）

　　　　*停顿。*

　　　　你个蠢蛋……

　　　　*停顿，紧接着鲍勃开始呜咽。*

　　　　不管你是谁。（跑来编那些该死的故事……）

　　　　*停顿。*

　　　　让你无中生有，说人躺医院里……

　　　　*鲍勃开始哭喊。*

　　　　有个屁用，你个兔崽子。

**鲍勃**　多尼……

　　**唐**　你自找的。

**蒂奇**　还让我们去……谁他妈知道会发生什么事……

**鲍勃**　他就在医院里。

　　**唐**　哪家医院?

**鲍勃**　我不知道。

**蒂奇**　噢，那你最好接着编，快!

　　**唐**　鲍勃……

**蒂奇**　（别心软，唐，别给我打退堂鼓。）

　　**唐**　鲍勃……

鲍勃　……嗯?

　唐　你得明白我们的意思。

鲍勃　(抽泣着)是的,我明白。

　唐　哎,我们不想揍你……

蒂奇　(不想。)

鲍勃　我知道你们不想。

蒂奇　不想。

　唐　但你跑来……

鲍勃　……嗯……

　唐　……只有你知道是怎么回事儿……

鲍勃　是的……(我耳朵流血了。血从耳朵里流出来了。)噢,
　　　见鬼,我真害怕。

　唐　(妈的。)

鲍勃　我不舒服。

蒂奇　(该死的小崽子变卦了……)

鲍勃　唐……

蒂奇　现在我们怎么办?

　唐　你知道的,我们不想这么对你,鲍勃。

鲍勃　我知道……

　唐　我们不想动手。

　　　电话响起。

蒂奇　(好得很。)

唐 （对着电话）什么？你他妈想要什么？

蒂奇 （是那个人？）

唐 （是鲁茜。）（对着电话）哦，是的，我们听说了，鲁思。

蒂奇 （她还真有脸……）

唐 （对着电话）听博比说的。是的。我们都去。

停顿。

我想他是在共济会医院吧？博比说的。哦，好的，那我们就去那儿，鲁茜，我们不会去那个医院看他的，他都没在……

停顿。

博比不在这儿。我会的。好的。我会的。大概十一点。好的。

他挂断电话。

蒂奇 （对鲍勃）你还欠我二十块呢。

唐 （拨电话）请查下哥伦比亚医院。

蒂奇 （该死的医疗费……）

唐 谢谢。

蒂奇 （自己轻声唱起来）"……而且我在海上从来不生病。"

唐 是的。请找下弗莱彻·波斯特，他刚入院吧？

停顿。

不，我只是想知道他好不好，我们什么时候可以去看看他。

*停顿。*

*谢谢。*

**蒂奇**　怎么?

**唐**　她正在找。(*对着电话*)是吗? 好的。非常感谢。是的。
太谢谢你了。

*他挂断电话。*

**蒂奇**　他怎么样? 在那儿吗?

**唐**　在。

**蒂奇**　他们不让我们跟他说话?

**唐**　他下巴骨折了。

**鲍勃**　我有点儿不舒服。

**蒂奇**　你耳朵疼?

**唐**　鲍勃, 疼吧, 鲍勃?

**蒂奇**　我总感觉不对劲。

**唐**　把头歪到另一边去。

**蒂奇**　我的意思是, 我们给打乱了。现在机会还在, 但一切都
乱了套。

**唐**　我们送你去医院。

**蒂奇**　好, 好, 我们送你去医院, 有人会照料你, 没什么大不
了的。

**唐**　鲍勃, 你是从楼梯上摔下去的, 伤到了耳朵。

**蒂奇**　他能明白?

唐　你明白吗？我们送你去医院，但你是从楼梯上摔下来的。

蒂奇　（在门边）这该死的雨。

唐　你告诉他们名字，鲍勃，你知道哪些该说。（摸口袋，猛地把钱塞给鲍勃）这你拿着，鲍勃，医院里用得着。

鲍勃　我不想去医院。

蒂奇　你要去医院，就这么办。

鲍勃　我不想去。

唐　你得去，鲍勃。

鲍勃　为什么？

蒂奇　你被修理了一顿，这就是原因。

鲍勃　我还有活儿要干。

唐　我们今晚不干了，鲍勃。

蒂奇　你有帽子啥的给我遮遮吗？

唐　没有。

鲍勃　这活儿我得干。

蒂奇　闭嘴。你去医院。

唐　我们今晚不干了。

鲍勃　换个时间再干？

唐　是的。

蒂奇　他不用干。

唐　你闭嘴。

蒂奇　我不过说他不用干。

　唐　好了。

蒂奇　什么?

　唐　我是说, 结束了。

蒂奇　不, 没有结束, 唐, 还没完呢。用不着他干。

　唐　你他妈的别招惹这孩子。

蒂奇　你想要孩子, 就自己养着。我又不是你老婆, 关我屁事。

　　　这活儿我有份儿, 还没完呢。这是为我自己, 我要问

　　　的是:

　　　*停顿。*

　　　你从哪儿搞到那枚镍币的?

鲍勃　什么?

蒂奇　你从哪儿搞到的? 那该死的镍币, 哪儿来的?

　　　*停顿。*

　　　他就这么跑来, 五十块换个五分镍币。你怎么搞到的?

鲍勃　送我去医院。

　　　*停顿。*

蒂奇　你在哪儿搞到那镍币的? ( 你给我仔细着点儿。)

　　　*停顿。*

鲍勃　我买的。

蒂奇　( 他妈的瘾君子 )

　唐　闭嘴。

蒂奇　你说是你买的，什么意思？

鲍勃　我买的。

蒂奇　哪儿买的？

鲍勃　一家硬币商店。

　　　　*停顿。*

蒂奇　你在一家硬币商店买的。

鲍勃　是的。

　　　　*停顿。*

蒂奇　为什么？

　唐　去把你的车开来。

蒂奇　你花了多少钱买的？

　　　　*停顿。*

　　　　花了多少钱？

鲍勃　五十块。

蒂奇　你花五十块买个硬币，又跑来这儿。

　　　　*停顿。*

　　　　为什么？

　唐　去把你那该死的车开过来。

蒂奇　干这种事，你图什么？

鲍勃　我不知道。

蒂奇　干这种事，你到底为什么？

鲍勃　为了多尼。

*停顿。*

**蒂奇** 你们让我起鸡皮疙瘩。

**唐** 鲍勃，我们带你离开这儿。

**蒂奇** 我再也受不了了。

**唐** 你能走吗？

**鲍勃** 不能。

**唐** 去把你的车开过来。

**蒂奇** 我不是你的黑奴，也不是你老婆。

**唐** 我今天受够你了。

**蒂奇** 你受够了？

**唐** 是的。

**蒂奇** 为什么？

*停顿。*

**唐** 你是搞砸事情的好手。

**蒂奇** 没错。

**唐** 很在行。

**蒂奇** 我搞砸的。

**鲍勃** 他打我。

**唐** 我知道，鲍勃。

**蒂奇** 是的，我揍了，为了他好，为了大家好。

**唐** 滚出去。

**蒂奇** "滚出去"？现在你把我当垃圾扔出去？我做这些都是为

了你。搞砸了，我能有什么好处？他跟你说镍币是在硬

币商店买的。

唐　我不在乎。

蒂奇　你不在乎？（我简直不敢相信。）你信他？

唐　我不在乎。我再也不在乎了。

蒂奇　你个小人，该死的冒牌货。欺骗朋友，没朋友，难怪只能

瞎糊弄这小子。

唐　你闭嘴。

蒂奇　你找瘾君子做朋友，在这条街上，你就是个笑话，你跟他。

唐　滚。

蒂奇　我不走，决不。

鲍勃　（我吃东西来着。）

唐　你给我滚出去。

蒂奇　我哪儿也不去，这活儿有我一份。

唐　吃屎去吧，你他妈的废物。

*向他逼近。*

蒂奇　（靠收买交朋友的人，还敢这么说。）

唐　我就给你点朋友的教训，给你点朋友的颜色……

*继续逼近。*

鲍勃　（噢，见鬼……）

唐　到这儿来搞这些肮脏的交易……

蒂奇　别过来……

唐　你哄来骗去……在我跟前，搬弄挑拨……

　　　动手打他。

蒂奇　（啊，天哪……）

鲍勃　（我吃东西的。）

蒂奇　（噢，我的天，都疯了。）

　唐　这些年……

鲍勃　（所以才跟丢了那人。）

　唐　（再次逼近）他妈的这些年……

蒂奇　（你要打我？）

鲍勃　多尼……

　唐　你把生活搞得一团槽。

鲍勃　多尼！

蒂奇　（噢，我的天。）

鲍勃　那人我跟丢了。

　唐　（停下来）什么？

鲍勃　我得跟你说我有多混蛋。

　唐　什么？

鲍勃　我跟丢了。

　唐　谁？

鲍勃　那个人。

　唐　哪个人？

鲍勃　今早那个人。

唐　哪个人？

鲍勃　带着箱子。

唐　（停顿）你没看到他？

鲍勃　我吃东西来着。

唐　你的意思是，你对我撒谎了？

鲍勃　我当时在吃东西。

蒂奇　他说什么？

停顿。

唐　你是说你撒谎了？

蒂奇　他说什么？

唐　你是说你没看到他带着箱子？

蒂奇　这小子疯了。

唐　你没看到他？

蒂奇　他是说他没看到那人？

唐　没看到他今早出门？

蒂奇　他说他撒谎了？

鲍勃　我要吐了。

蒂奇　他是说他没看到那人？

停顿。

没看到他出门。我当时在这儿。然后你说你看到他，带着箱子，（停顿）那个时候。

停顿。

你那时看到他的。

*停顿。鲍勃摇头。*

我他妈整个儿操蛋的人生。

*蒂奇拿起死猪腿撑子，开始砸这个旧货店。*

这整个儿世界。

没了法度。

没了对错。

世界就是谎言。

没了友情。

该死的一切。

*停顿。*

被上帝抛弃的一切。

唐　冷静，沃尔特。

蒂奇　我们都活得像野人。

*蒂奇说这通话时，唐试着劝阻蒂奇，最终蒂奇平静下来。*

唐　（坐吧。）

*停顿。*

*蒂奇静静地坐着。*

蒂奇　我为你冒险。

*停顿。*

你不知道我都经历了什么。我把老二都摆切菜板上了。

*停顿。*

我他妈把表当了……

*停顿。*

我出去，天天都在外面。

*停顿。*

外面什么都没有。

*停顿。*

我他妈自己见鬼去。

*停顿。*

唐　你还好吧?

蒂奇　什么?

唐　你还好吧。

蒂奇　我他妈怎么知道?

唐　你把我折腾得够呛，沃尔特。

蒂奇　什么?

唐　我得歇歇。

蒂奇　这该死的一天。

唐　（*停顿*）我的店毁了。

蒂奇　我知道。

唐　全毁了。

*停顿。*

你砸了我的店。

蒂奇　你生我气吗?

唐　什么?

蒂奇　你生我气吗?

　　　停顿。

唐　得了吧。

蒂奇　生气吗?

唐　去把你的车开来。鲍勃?

蒂奇　(停顿)告诉我,你生我气吗?

唐　不。

蒂奇　你不生气?

唐　不。

　　　停顿。

蒂奇　好的。

唐　去把你的车开来。

蒂奇　这儿有帽子吗?

唐　没有。

蒂奇　有纸吗?

唐　鲍勃……?

　　　蒂奇走到柜台,拿了张报纸,开始给自己做帽子。

蒂奇　他还好吧?

唐　鲍勃……?

蒂奇　他没事吧?

唐　鲍勃……?

**鲍勃**　（醒过来）什么？

　**唐**　来吧，我们带你去医院。

　　　　*蒂奇戴上纸帽子，对着窗户玻璃照自己。*

**蒂奇**　我像个娘炮。

　**唐**　去把你的车开过来。

　　　　*停顿。*

**蒂奇**　你能扶他到门口吗？

　**唐**　能。

　　　　*停顿。*

**蒂奇**　我去开车。

　**唐**　到时候摁喇叭？

**蒂奇**　是的。

　**唐**　好的。

**蒂奇**　我摁喇叭。

　　　　*停顿。*

　**唐**　好的。

　　　　*停顿。*

**蒂奇**　见鬼的一天，是吧？

　**唐**　是的。

**蒂奇**　的确是的。这地方你得收拾收拾了。

　**唐**　是的。

　　　　*停顿。*

蒂奇　好的。

　　　　*退场。*

　唐　鲍勃。

鲍勃　什么？

　唐　起来。

　　　　*停顿。*

　　　　鲍勃。对不起。

鲍勃　什么？

　唐　对不起。

鲍勃　我搞砸了。

　唐　没有，你做得很好。

鲍勃　不。

　唐　没事，你做得很好。

　　　　*停顿。*

鲍勃　谢谢。

　唐　没什么。

　　　　*停顿。*

鲍勃　对不起，多尼。

　唐　没关系。

　　　　*灯光暗下来。*

拜金一族

*Glengarry Glen Ross*

1983

谨以此剧献给哈罗德·品特

**人　物**

威廉森、贝伦、罗马、林克——男性，均四十出头。

莱文、莫斯、阿罗诺——男性，均五十几岁。

**场　景**

第一幕的三场戏发生在一家中餐馆里。

第二幕发生在一家房地产公司的办公室里。

# 第一幕

●

## 第一场

威廉森和莱文坐在一家中餐馆的包间里。

莱　文　约翰……约翰……约翰，好了，约翰，约翰。瞧，（停顿）格伦加里高地的潜在客户，你给了罗马，这没问题。他有实力。我们都知道，他不错。我的意思是，看看那公告牌，他浪……等等，等等，等等，他浪费了机会，丢了客户。我是说，你在浪费资源。我并不想对你的工作指手画脚。我只是说，事情总得做，这我知道，你有你的方式……各有各的名声。我们知道这可以……我的意思是，可以安排个销售好手干这事。不止一个人可以……派个……就是说，派个经验丰富的人去……你就能看到，等一下——你就能看到你的销售额……百分之五十都能完成，不止百分之二十五……你安排个好手去……

威廉森　谢利，你上次搞砸了……

莱　文　不，约翰，不，等等，话说回来，我……你能不能别？等等，这么说吧，我没有"搞砸"潜在客户。没有。我没

"搞砸"。没有。有一单吹了，但有一单成了……

**威廉森**　……你没谈成……

**莱　文**　……我，如果可以，请你听我说。我本来搞定了那混蛋。他前妻，约翰，他的前妻，我不知道他结过婚……他……法官作废了这个……

**威廉森**　谢利。

**莱　文**　……这能怎么办，约翰？怎么办？运气不好，仅此而已。我只希望你这辈子都不会倒霉。就是这样，都是运气搞的鬼。老不走运。希望霉运不会找上你，我只想这么说。

**威廉森**　（停顿）那其他两单呢？

**莱　文**　哪两单？

**威廉森**　四个，当时给了你四个客户。搞砸一个，法官作废一个，按你说的……

**莱　文**　……要看法院笔录吗？约翰？呃？你要去……

**威廉森**　……不……

**莱　文**　……要去市中心……？

**威廉森**　……不……

**莱　文**　……那……

**威廉森**　……我只是……

**莱　文**　……那"按你说的"这种废话是什么意思？什么意思？（停顿）什么意思……？

威廉森　我的意思是……

莱　文　"按你说的"这种话是什么意思？单子吹了，可我总得吃饭，他妈的，威廉森，呸。你……莫斯……罗马……去看看数据……看看记录。1980年……81年……82年……82年的六个月里……那上面是谁？排在前面的是谁？

威廉森　罗马。

莱　文　他后面呢？

威廉森　莫斯。

莱　文　瞎扯，约翰，狗屁。1981年4月、9月，都是我，才不是他妈的莫斯。说句不客气的，他就是听命行事，约翰。他就靠嘴，说得热闹。看看公告牌，是我，约翰，是我在上面……

威廉森　近来可不是。

莱　文　近来，去你的近来。"近来"可建不了公……问、问默里，问米奇。我们还在彼得森那会儿，他那该死的车，谁给买的？问问他去，就那辆赛威①……? 他一来就说，"我那车是你赚回来的，谢利"。我怎么办到的？就电话推销，没其他的。65年，就我们还在彼得森，卖格伦·罗斯庄园那会儿？你去打听打听。 那是什么？

――――――――――

①　凯迪拉克汽车的一款汽车型号，二十世纪八十年代开售。

运气吗？那是"运气"？瞎扯，约翰。你真气死我了，我他妈一个潜在客户都分不到……你觉得全是运气，我这些年的业绩？胡说八道……那会儿……？狗屁。那可不是运气，是实力。这点你能不认吗，约翰……？你不认？

**威廉森**　不是我……

**莱　文**　……不是你……？那是谁？现在是谁在跟我说话？分些客户给我……

**威廉森**　……过了30号……

**莱　文**　去他妈的30号，我要是30号还没上榜，他们就要炒我鱿鱼了。我要客户，现在就要。不然我走人了，你会想我的，约翰，你肯定会。

**威廉森**　默里……

**莱　文**　……你跟默里说说……

**威廉斯**　我说过了。况且我的工作只是收集潜在客户资料。

**莱　文**　收集潜在客户……收集潜在客户？这他妈什么话？你哪儿混的？我们在这儿是干他妈销售的。去你的收集客户。这他妈什么话？这算他妈哪门子话？你哪儿学来的？学校？（*停顿*）那都是说得好听，朋友，是耍嘴皮。我们的工作是推销。我是正经干销售的人，拿到的客户却是垃圾。（*停顿*）是你分给我的。我想说，见鬼去吧。

威廉森　你的意思是让我见鬼去。

莱　文　是的。（停顿）是这意思。抱歉这话不好听。

威廉森　听我……

莱　文　……我会被撵走，而你……

威廉森　……听我……能不能听我说……?

莱　文　好。

威廉森　听我说，谢利。别人花钱雇我，我干该干的事。我……听
　　　　我说，我受雇看管这些客户资料。我得——听我说
　　　　完——我得遵守制度。我的工作就是这个，服从规定。
　　　　就是这样。你，听我说，按规定，任何人业绩没达标，
　　　　我都不能分派优质客户。

莱　文　那怎么超过业绩标准呢? 就凭垃圾客户……? 胡扯。
　　　　来说说看。给我的客户资料都是垃圾，没用的垃圾。
　　　　我跟你说……

威廉森　你知道那些客户资源值多少吗?

莱　文　优质客户资源，当然，我知道它们的价值，约翰。因为
　　　　我，我以前创下的收益买这些都绰绰有余。1979年，
　　　　你知道我创收多少吗? 79年? 九万六。约翰? 为默
　　　　里……为米奇……翻翻记录就知道……

威廉森　默里说……

莱　文　去他妈的默里，滚他妈的蛋。约翰，你知道吗? 你就告
　　　　诉他这是我说的。他妈的，他懂什么? 要搞"销售"竞

赛……你知道我们那时的销售竞赛是什么吗？钱，一大笔钱，唾手可得。默里，他上次出去做业务是哪年哪月？销售竞赛？可笑。现在外面不景气，约翰，都不宽裕，手头紧。不比65年那会儿，比不了，真比不了。懂吧？懂吧？我有能力——但我需要……

**威廉森**　默里说……

**莱　文**　约翰，约翰……

**威廉森**　你能等等吗，谢利？请你等我把话说完。默里告诉我：这些抢手的客户……

**莱　文**　……啊，去他妈的……

**威廉森**　这些……谢利？（*停顿*）这些抢手的客户，按照公告牌排名分配，整个竞赛期间、这段时间内，都这样。任何人完成过半的……

**莱　文**　见鬼，去他妈的。看什么他妈的百分比，要看总量。

**威廉森**　怎么看你都出局了。

**莱　文**　我出局了？

**威廉森**　是的。

**莱　文**　我来告诉你我为什么出局。我出局，是因为你分我的是厕纸。约翰，我看过手里的客户资料。当年还在家园①的时候，我就遇到过这些人。1969年那会儿，跟这

---

① 房地产公司名。

些混蛋狠推奥兰珠①的项目，他们就是不买。他们连他妈烤面包机都买不起，穷得叮当响，约翰。他们说不动的，都是废物。当然，这你没法苛责。就算是这样，就是这样，好吧，我也认，认！哪怕是这样，我也去了。他妈的这四个祖宗，钱袋子捂得紧，该死的波兰佬，约翰。四个，我谈成了两个。两个，占一半……

**威廉森**　……没成。

**莱　文**　是没成。时运不济啊，哥们儿。不走运。我是……我是……别管那公告牌，就冲我，谢利·莱文，你去打听打听，问西方②的任何人、家园的盖茨，还有杰里·格拉夫，就知道我是谁……我得搏一把！我得挤上那该死的销售榜。你去问问，去问问，问问看有谁没从我这儿分一杯羹，我发达那会儿。莫斯、杰里·格拉夫，甚至米奇本人……这些人都仰仗我做的单子，靠这个过活……还有默里也是，约翰，你当时要是在，也能捞到好处。现在我扯这些，是讨救济、装可怜吗？我想见客户。我要的客户资料可不是从电话簿上查来的。但凡客户好一点，我立马就去搞定。给个机会，我想要的只是这样。我会爬上那该死的公告牌，我想要的

---

① Rio Rancho，又译里奥兰珠，是美国新墨西哥州的小城，地理位置偏远。
② 房地产公司名。

只是机会。现在只是不走运，我会扳回来的。（停顿）

我需要你的帮助。（停顿。）

**威廉森**　我办不到，谢利。（停顿。）

**莱　文**　为什么？

**威廉森**　客户信息是随机分配……

**莱　文**　狗屁，扯淡，都是你分的……睁眼说瞎话吧？

**威廉森**　……销售公告牌上排名靠前的人另当别论。

**莱　文**　那就让我上公告牌。

**威廉森**　等你又能谈成了，就能上。

**莱　文**　这些客户可谈不成，约翰。没人能。这就是个笑话。约翰，瞧，分我点好客户吧。就两个优质客户，作为"测试"，好吧，就当"测试"，我向你保证……

**威廉森**　没办法，伙计。（停顿。）

**莱　文**　我给你百分之十。（停顿。）

**威廉森**　什么百分之十？

**莱　文**　谈成后的进账。

**威廉森**　要是你谈不成呢？

**莱　文**　谈得成。

**威廉森**　要是谈不成……？

**莱　文**　谈得成。

**威廉森**　要是谈不成呢？那我就完蛋了。你明白吗……？我工作也会搞丢，就这么跟你说吧。

莱 文 我肯定能谈成。约翰，约翰，百分之十。我能东山再起，你知道的……

威廉森 最近你都没起色……

莱 文 去他妈的，这是认输，还没打就趴了，去他妈的。操……来，你挺我，咱们合伙，大干一场。你想做这办公室的主，那就做！

威廉森 我要百分之二十。（停顿。）

莱 文 好吧。

威廉森 一个客户，五十块。

莱 文 约翰，（停顿）听着，我们聊聊，再商量商量。我比你年长。一个人要获得名声，不容易，街头摸爬滚打，经得住起起落落……我给"十"，你说"不"，要"二十"，我说"行"，我不会亏待你，我怎么能拒绝呢，对吧？……好，好，我们……好，行吧。我们就……好吧，就百分之二十。一个客户，要五十块，也没问题，先这么说。等一两个月我们再谈。一个月以后，等下个月，30号以后（停顿）我们再说。

威廉森 说什么？

莱 文 哦，没错，到时候再说。一个月以后，我们再谈。你现在有哪些？我要两个。今晚就要。

威廉森 可能没有两个。

莱 文 我看了公告牌，你有四个呢……

**威廉森** 要给罗马，还有莫斯……

**莱　文** 扯淡，他们又没在办公室。难搞的留给他们，我们刚说好的，对吧？要两个客户，德斯普兰斯①的，就见两个，今晚六点和十点，你能安排的……六点和十点……或者八点和十一点，都行，你来安排，好吧？跟德斯普兰斯的两个客户面谈。

**威廉森** 好吧。

**莱　文** 好，这才来劲儿。（停顿。）

**威廉森** 100块。（停顿。）

**莱　文** 现在？（停顿）现在就要？

**威廉森** 现在。（停顿）是的……不然什么时候？

**莱　文** 啊，鬼扯，约翰。（停顿。）

**威廉森** 那我就帮不上了。

**莱　文** 你个混蛋。（停顿）我没这么多钱，（停顿）我没带，约翰。（停顿）我明天给你。（停顿）我现在是来谈销售的，明天我就付给你。（停顿）现在没有。我要是给了，煤气费就……等我回旅馆，明天就给你带来。

**威廉森** 不成。

**莱　文** 现在先给三十块，明天给剩下的。我旅馆有。（停顿）约翰？（停顿）就这么办吧，看在老天的分儿上？

---

① 位于美国伊利诺伊州的芝加哥附近。

| 威廉森 | 不行。 |
|---|---|
| 莱　文 | 求你，就算帮我个忙?（停顿）约翰。（长久停顿）约翰，我女儿…… |
| 威廉森 | 我无能为力，谢利。 |
| 莱　文 | 那好，我得告诉你，小伙子，不久前，我可以一通电话打到默里那儿，让你丢了饭碗。明白吗? 就在不久前。原因? 不需要原因。"老默，这个新来的小子惹到我了。""谢利，他完了。"还没到我吃完午饭回来，你就走人了。默里去百慕大旅游那次就是我给他赚的…… |
| 威廉森 | 我得走了……（起身。） |
| 莱　文 | 等等，好吧，行。（开始摸口袋找钱）先买一个，给我一个客户，就那个，你手里最好的那个。 |
| 威廉森 | 不能拆开卖。（停顿。） |
| 莱　文 | 为什么? |
| 威廉森 | 因为我说了算。 |
| 莱　文 | （停顿）你要那样? 你非得那样? 你非得那样做生意……?（威廉森起身，钱留在桌上）你非得那样做生意……? 好吧，好好好，另一份客户名单呢? |
| 威廉森 | 你想要 B 等名单的客户? |
| 莱　文 | 唉，是啊。 |
| 威廉森 | 你可想好了? |
| 莱　文 | 我想好了，是的。（停顿）给我另一份名单上的客户， |

起码那上面的客户我还是有资格要的，只要我还在这儿干——至少目前还在。（停顿）那什么，对不起，我刚刚说你的话有点难听。

**威廉森** 没事。

**莱　文** 交易仍然算数吧，我们那事儿。（威廉森耸耸肩，走出包间）好吧，嗯，我，你知道的，我钱包放旅馆了，没带出来。


## 第二场


餐馆包间，莫斯和阿罗诺饭后坐着。


**莫　斯** 波兰佬，穷鬼。

**阿罗诺** ……波兰佬……

**莫　斯** 都是老赖。

**阿罗诺** 他们舍不得花钱……

**莫　斯** 他们所有人，他们，嘿：我们谁都会遇到。

**阿罗诺** 我下个工作在哪儿呢？

**莫　斯** 振作起来，乔治，你还没出局呢。

**阿罗诺** 没有吗？

**莫　斯** 你只不过丢了他妈的一单而已，多大点事。一个波兰佬老赖，没什么大事。你一开始怎么跟这样的人推销呢……? 你错了，不该接手这客户。

**阿罗诺** 我不得不接。

**莫　斯** 你不得不，嗯，为什么？

**阿罗诺** 为了上那……

**莫　斯** 为了上那公告牌，是的，可找波兰佬推销有什么用？来，听我说，我给你说个类似的，要听吗？有个类似的：千万别向印度人推销。

**阿罗诺** 我从没想过向印度人推销。

**莫　斯** 你遇到过那类名字吗，比如"帕特尔"之类的？①

**阿罗诺** 嗯……

**莫　斯** 遇到过？

**阿罗诺** 嗯，可能遇到过一次。

**莫　斯** 是吗？

**阿罗诺** 我……我不确定。

**莫　斯** 你遇到就知道了，"帕特尔"，他们总凑上来，不知道怎么回事，就喜欢和推销员说话。（*停顿*）是寂寞啥的吧，（*停顿*）他们可能有种优越感，大概是，但是从来不买他妈的任何东西。你坐那儿叨叨"奥兰珠这样那样，啥啥啥的""山景②""哦，是的，我弟弟给我说

①　"帕特尔"（Patel）是印度常见姓氏，相关台词曾引发种族歧视的争议。
②　房地产项目名。

过"……他们还有内线，该死的印度人。乔治，他们不是我的菜。说起这个，我跟你说，（停顿）我还从没跟他们一起吃过饭，餐馆里倒常见。自大的种族，我说不准，不知道，反正就是不喜欢。天哪……

**阿罗诺** 怎么了？

**莫　斯** 他妈的这一切……压力实在太大了。你绝……你绝对……他们太自以为是了，这些人。从进门开始，我……"我得跟这傻瓜谈妥，不然就吃不了午饭""不然就赢不了凯迪拉克……"我们都他妈干得太卖力了。你也太卖力了。我们所有人都是，记得那会儿，我们在普莱特……呃？格伦·罗斯庄园……我们不是卖得好吗……？

**阿罗诺** 等到他们这会儿，他们，你知道的……

**莫　斯** 嗯，他们瞎搞。

**阿罗诺** 是的。

**莫　斯** 他们这是杀鸡取卵。

**阿罗诺** 是的。

**莫　斯** 现在……

**阿罗诺** 我们都深陷其中……

**莫　斯** 我们都深陷这他妈的屁事……

**阿罗诺** ……这屁事……

**莫　斯** 真是太……

阿罗诺　是的。

莫　斯　嗯?

阿罗诺　真是太……

莫　斯　你这个月不走运，实在是……

阿罗诺　你上了这个……

莫　斯　末了，他们就让你上这个"公告牌"……

阿罗诺　我，我……我……

莫　斯　什么销售竞赛公告牌……

阿罗诺　我……

莫　斯　这种做法不对。

阿罗诺　是不对。

莫　斯　不对。(停顿。)

阿罗诺　这么对顾客也不行。

莫　斯　我很清楚，这不行。我跟你说，你得，你知道吗，你得……知道我刚出道那会儿在西方学到了什么吗? 不要只卖一辆车，要让同一个人十五年里买五辆。

阿罗诺　没错。

莫　斯　呃……?

阿罗诺　没错。

莫　斯　对极了，没错。还有这样的："噢，什么什么什么，我知道我该怎么做了。进去，抢光每一个人，再逃到阿根廷，因为还没人想到过这么干。"

阿罗诺　……没错……

莫　斯　嗯?

阿罗诺　不，是绝对没错。

莫　斯　所以他们这是贪小失大……而且，而且他妈的一个
　　　　人，干了一辈子，还得……

阿罗诺　……没错……

莫　斯　……担惊受害……

阿罗诺　(与"害"同时脱口而出)怕，害，是的……

莫　斯　为了什么该死的"卖一万，得餐刀……"

阿罗诺　为了什么销售提……

莫　斯　……销售提升，"卖不动，就让你滚"……不，这太野
　　　　蛮了……这样不对。"不然就让你滚蛋走人。"这样
　　　　不对。

阿罗诺　是的。

莫　斯　是的，不对。你知道这是谁的责任吗?

阿罗诺　谁?

莫　斯　你知道是谁，米奇，还有默里，因为其实用不着搞成
　　　　这样。

阿罗诺　是的。

莫　斯　看看杰里·格拉夫，做事干净利落，他把生意看成自己
　　　　的事儿，他有自己的、自己的护士名单……明白吗?
　　　　你明白吗? 这就叫有想法。为什么就百分之十? 百分

之十的佣……剩下的怎么不归我们？百分之九十都拿

走了……白白地。就因为某个傻子，屁股坐办公室，

嘴上却冲你喊："出去，谈生意。""赚凯迪拉克。"格

拉夫不同，他出去拼，找客户，花大价钱买这些……

是吧？

**阿罗诺**　是的。

**莫　斯**　这就叫有想法。现在，他手里有客户，为自己打拼。他

是……就像我说的……这就叫有想法！"谁？谁工作稳

定，还有闲钱？谁？"

**阿罗诺**　护士。

**莫　斯**　所以格拉夫买了护士名单，花了一千块——绝对没花到

两千块——足足有四五千个护士，他兴奋得发狂……

**阿罗诺**　是吗？

**莫　斯**　他势头好着呢。

**阿罗诺**　我听说他们不怎么感兴趣。

**莫　斯**　那些护士？

**阿罗诺**　是的。

**莫　斯**　你听说的事情可多了呢……他干得很好，很好。

**阿罗诺**　是橡树苑？①

**莫　斯**　橡树苑、布鲁克农场，都是这种客户。有人跟我说——

————————

① 美国休斯敦的富人区。

你知道他净赚多少吗？一万四五吧，一周。

**阿罗诺** 他一个人？

**莫　斯** 千真万确。为什么？有客户啊。有好的客户资源……我们呢？只有在这儿干坐着。为什么？我们只能靠他们才能拿到客户资源。噢，进账的百分之九十都归了他们，相当于买客户。

**阿罗诺** 客户资料费、经营管理费、电话通信费，好多费用。

**莫　斯** 你需要什么？就一部电话，再加上一女的问"早安"，其他都不要……不需要……

**阿罗诺** 不，没那么简单，戴夫……

**莫　斯** 就是的，就这么简单，知道难在哪儿吗？

**阿罗诺** 哪儿？

**莫　斯** 开头。

**阿罗诺** 哪儿难？

**莫　斯** 万事开头难。不同……我和杰里·格拉夫不同，他把生意看成自己的事。可难就难在……你知道难的是什么吗？

**阿罗诺** 什么？

**莫　斯** 行动。

**阿罗诺** 什么行动？

**莫　斯** 就是宣布"我自己干"。因为通常的做法，乔治，我来说说通常的做法：我们发现自己受制于人。我们还自

　　　　　我奴役，要讨好，要赢个他妈的什么面包机……
　　　　　要……要……而跑到前面的人，就制定……

阿罗诺　没错……

莫　斯　他制定规则，我们为他卖力。

阿罗诺　这是事实……

莫　斯　绝对是事实。这让我郁闷，真的，没半句假话。我这把
　　　　　年纪，看到他妈的"有人本月赢凯迪拉克，以及，两人
　　　　　本月滚蛋"。

阿罗诺　嗯。

莫　斯　你不能砍掉自己的销售队伍啊。

阿罗诺　不能。

莫　斯　你……

阿罗诺　你……

莫　斯　你一手组建的!

阿罗诺　我也是这么……

莫　斯　你他妈一手组建的! 大家来……

阿罗诺　大家来为你干活儿……

莫　斯　……你说得一点儿没错。

阿罗诺　他们……

莫　斯　他们已经……

阿罗诺　等他们……

莫　斯　对，对，对，等他们为你打下一片天地来，你他妈不能

翻脸不认，转身就把他们当奴隶、当小孩。侮辱不算，还让他们自生自灭……不。（停顿）不。（停顿）你说得太对了，我有事想跟你说。

**阿罗诺** 什么事？

**莫　斯** 我想跟你说我们应该怎么做。

**阿罗诺** 怎么做？

**莫　斯** 得有人站出来，反击。

**阿罗诺** 什么意思？

**莫　斯** 有人……

**阿罗诺** 嗯……？

**莫　斯** 应该对他们做点儿什么。

**阿罗诺** 做什么？

**莫　斯** 做点事，治治他们。（停顿）有人，有人该给他们点颜色，默里和米奇。

**阿罗诺** 应该给他们点颜色看看。

**莫　斯** 是的。

**阿罗诺** （停顿）怎么干？

**莫　斯** 怎么干？做点手脚，打击他们，在他们的生计上。

**阿罗诺** 什么？（停顿。）

**莫　斯** 得有人去抢办公室。

**阿罗诺** 啊。

**莫　斯** 就是这个意思。我们去——假设我们是那种人的话——

去偷办公室，搅一通，做成盗窃的样子，翻文件，找到他妈的客户资料，拿了……找杰里·格拉夫。（**长时间停顿**。）

阿罗诺　那些客户资料能有什么好处？

莫　斯　对我们能有什么好处？大概，可以卖钱吧，一个客户一块……一块五，有可能。……嘿，谁知道这些值多少，他们多少钱买的？打包买的……肯定是，我想……一个三块吧……大概是。

阿罗诺　总共多少个？

莫　斯　格伦加里的……优质客户……？我得说有五千，五——千个优质的潜在客户。

阿罗诺　你是说有人可以拿走这些客户资料，卖给杰里·格拉夫。

莫　斯　对。

阿罗诺　你怎么知道他会买？

莫　斯　格拉夫？因为我在他那儿干过。

阿罗诺　你都还没跟他谈过。

莫　斯　没呢。你的意思是，我有没有跟他谈过这事儿？（**停顿**。）

阿罗诺　是的，我的意思是，你有没有真正和他谈过这事儿，还是说，我们只是……

莫　斯　没有，我们只是……

阿罗诺　我们只是"说到"这儿了而已。

莫　斯　我们只是谈论一下，（停顿）作为想法。

阿罗诺　作为想法。

莫　斯　是的。

阿罗诺　我们并不是真在"说道"。

莫　斯　不是。

阿罗诺　说道说道，计划……

莫　斯　不是。

阿罗诺　计划抢劫。

莫　斯　计划"抢劫"？！当然不是。

阿罗诺　嗯，好吧……

莫　斯　嘿。（停顿。）

阿罗诺　那么，这整件事，呃，你没有，真的，你没有真的找格
　　　　拉夫谈过。

莫　斯　其实没有，是的。（停顿。）

阿罗诺　你没有？

莫　斯　是的，其实没有。

阿罗诺　是吗？

莫　斯　我说什么来着？

阿罗诺　你说什么了？

莫　斯　是的。（停顿）我说了，"其实没有"。他妈的，你关心
　　　　这个，乔治？我们只是在说……

阿罗诺　是吗?

莫　斯　是的。(停顿。)

阿罗诺　因为，因为，你知道的，这是犯罪。

莫　斯　没错，是犯罪。这是犯罪，但也没风险。

阿罗诺　现在你又只是"说到"这儿了而已?

莫　斯　是的。(停顿。)

阿罗诺　你要去偷客户资料?

莫　斯　我说过?(停顿。)

阿罗诺　你要去?(停顿。)

莫　斯　我说的?

阿罗诺　你跟格拉夫谈过?

莫　斯　我这么说的?

阿罗诺　他怎么说?

莫　斯　他怎么说? 他会买。(停顿。)

阿罗诺　你要去偷客户资料，然后卖给他?(停顿。)

莫　斯　是的。

阿罗诺　他出多少?

莫　斯　一块钱一个。

阿罗诺　五千个都这个价?

莫　斯　不管好坏，说定的。每个一块，共五千块。五五开，对
　　　　半分。

阿罗诺　你是说"跟我"分。

莫　斯　是的。(停顿)每人两千五，就干一晚上。工作也有了，以后跟着格拉夫，能分到优质客户。(停顿。)

阿罗诺　跟格拉夫干？

莫　斯　我不就是这么说的？

阿罗诺　他会给我工作？

莫　斯　他会雇你，是的。(停顿。)

阿罗诺　真的？

莫　斯　是的，乔治。(停顿)没错，这决定大着呢。(停顿)不过回报也大。(停顿)收益高。就干一晚上。(停顿)但只能在今晚干。

阿罗诺　什么？

莫　斯　什么什么？当然是客户资料啊。

阿罗诺　你今天晚上就得去偷？

莫　斯　没错，他们要把这些客户资料转到市里去，默里和米奇他们，等过了30号，销售竞赛结束。

阿罗诺　你是——你是说，所以你得今晚进去，然后……

莫　斯　是你……

阿罗诺　你说什么？

莫　斯　是你去。(停顿。)

阿罗诺　我？

莫　斯　你得进去，(停顿)拿到那些客户资料。(停顿。)

阿罗诺　我去？

莫　斯　对。

阿罗诺　我……

莫　斯　不会白做的，乔治，我拉你入伙，你得去。这事得你干。我跟格拉夫说好了。我不能去，去不了，我平常话太多，嘴不严。（停顿。）"他妈的客户资料"等等，这样那样……"该死的抠门公司"……

阿罗诺　你去格拉夫那边，他们就知道了……

莫　斯　他们会知道什么呢？我偷了客户资料？可我没偷啊，我今晚和朋友去看电影了，后来又去了科莫餐馆。为什么去格拉夫那儿？因为人家开了更好的条件。就是这话。要找证据就找吧。他们没法证明这不是事实。（停顿。）

阿罗诺　戴夫。

莫　斯　嗯？

阿罗诺　你是想我今晚去办公室偷客户资料？

莫　斯　是的。（停顿。）

阿罗诺　不。

莫　斯　噢，你得去，乔治。

阿罗诺　什么意思？

莫　斯　听着，我有不在场证明，我要去科莫餐馆。为什么？这地方给抢了，他们会来找我。为什么？因为我有嫌疑。你会出卖我吗？（停顿）乔治？你会告发我吗？

阿罗诺　如果你没被抓到？

莫　斯　他们找到你，你会告发我吗？

阿罗诺　他们为什么要找我？

莫　斯　每个人他们都会找。

阿罗诺　我为什么要做那种事？

莫　斯　你不会的，乔治，所以我才跟你说。回答我，他们来找你，你会把我卖了吗？

阿罗诺　不会。

莫　斯　你肯定？

阿罗诺　肯定不会。

莫　斯　那好，听着：今晚我得拿到这些客户资料，一定得这么做。如果不去电影院……如果没去餐馆吃饭……如果你不去，那就得我去……

阿罗诺　……你不用去……

莫　斯　……抢这地方……

阿罗诺　……我以为我们只是说说而已……

莫　斯　……他们抓到我了，那时，会问我谁是同谋。

阿罗诺　我？

莫　斯　当然。

阿罗诺　这太荒唐了。

莫　斯　哟，对警察来说，你就是帮凶，事前的。

阿罗诺　可我并没有主动要求啊。

莫　斯　那真不走运，乔治，因为你就是的。

阿罗诺　为什么？哎，就因为你跟我说过？

莫　斯　没错。

阿罗诺　为什么这么对我，戴夫？为什么跟我说这些？我不明白，你究竟为什么这么做？

莫　斯　这他妈不关你的事……

阿罗诺　哎，哎，哎，来说说看，坐一起吃饭，我这就成罪犯了……

莫　斯　放手一搏嘛。

阿罗诺　理论意义上的……

莫　斯　所以我说得很具体啊。

阿罗诺　为什么？

莫　斯　为什么？你能给我五千块？

阿罗诺　你需要五千？

莫　斯　我不就这么说来着？

阿罗诺　你需要钱？这就是……

莫　斯　嘿，嘿，简单说吧，我要的不是……你想怎样……？

阿罗诺　怎么是五千？（停顿）怎么……你刚说我们分五……

莫　斯　我随口说的，（停顿）好吧？我这边是我的事儿。你得两千五，干不干，你要是不干，得承担后果。

阿罗诺　是吗？

莫　斯　是的。（停顿。）

**阿罗诺**　这又是为什么？

**莫　斯**　因为你听我说了。

## 第三场

　　罗马独自坐在餐馆卡座里，林克坐他旁边的卡座，罗马正跟他说话。

**罗　马**　……火车车厢都有股难闻的味儿，但慢慢地，你就习惯了。没有比这更糟的了，但我承认这是事实。你知道我花了多久才想明白的吗？很久。你死前会后悔有些事还没做。你觉得自己是基佬……？我要跟你说的是，我们都是基佬。你觉得自己是贼？那又怎样？中产阶级道德弄得你晕头转向……？那就甭管，不吃那套。你婚内出轨……？做都做了，就这么着。（停顿）搞小妞儿，也无所谓。有绝对道德吗？也许有，但那又怎样？如果你觉得有，那就有吧。坏人下地狱吗？我不这么认为。如果你这么认为，尽管那么做好了。这世上有地狱吗？有，但我不会身居其中。这就是我。你拉屎的时候，有没有拉出过睡足了十二个小时的感觉……？

**林　克**　我有没有……？

**罗　马**　是的。

林　克　我不知道。

罗　马　或者撒尿时……？再好的大餐，回想都没味儿。其他
东西却能滋养。知道为什么吗？因为大餐只是食物。
我们吃这些东西，能维持生命，但也就是食物而已。
那些爽爆的干炮，你现在还记得些什么？

林　克　我现在……？

罗　马　是的。

林　克　呃……

罗　马　不知道，反正在我看来，我是说，我记得的，大概不是
高潮。妞儿，手臂搂着你脖子，她眼里的情意。她弄出
的声响……或者，我，躺着，在——确实，我跟你说：
我躺在床上；第二天她端来欧蕾咖啡①，递上烟，我
呢，那儿硬得跟混凝土浇过似的。呃？我的意思是，生
活是什么？（停顿）往前看，往后看，这就是我们的生
活。就是这样。可"当下"呢？（停顿）我们害怕什
么？怕失去。还有呢？（停顿）银行倒闭。自己生病，
老婆死在飞机上，股市崩盘……房子烧了……这些事
发生过吗？都没有，但我们仍然会担心。这意味着什
么？我心里不安。那我怎么能心安？（停顿）靠积攒巨
额财富？不。多少才算"巨额"？这是病态的做法，落

---

①　即法式牛奶咖啡，在咖啡中加入大量牛奶。

入了圈套。因为并不存在衡量的标准，只有贪婪。那我们能怎么办？正确的做法，我们倒是会说，是这样："也就百万分之一的可能会发生那啥啥啥的……去他妈的，这种事落不到我身上……"不，你知道我不赞同这种想法。（停顿）还有这样的："这种事发生的概率是多少多少分之一……上帝保佑我，我脆弱无力，别让这些找上我……"但这也不对，依我说，还有其他办法。怎么办呢？"如果发生了——这确实有可能，因为我们控制不了——我会设法应对，就好比我今天就着眼今天关心的事。"要我说，我们必须这么办。今天就做今天看起来对的事。相信自己。如果缺安全感，我就做今天能给我安全感的事。我每天都这么做。等到真有那么一天，要我倾尽所有来应对，我可能就已经具备了这个实力，不仅如此，我还获得了真正的实力，那就是获得了力量，能毫无畏惧地度过每一天。（停顿）遵照我内心的意愿。（停顿）股票、债券、艺术品、房地产。哎，这些是什么？（停顿）是机会。什么机会？赚钱的机会？也许吧。亏钱的机会？也许吧。"放纵"自己、"了解"自己的机会？也许吧。他妈的那又怎样？有什么不是呢？都是机会，就是这样，是事件。有人跟你聊上了，你打电话，寄资料，这都没什么紧要，他说"这儿有些房地产，你可以看看"。房地产

大卫·马梅特剧作集

有什么意义？这取决于你想它有什么意义。（停顿）金钱？（停顿）如果对你来说它意味着金钱的话。安全？（停顿）安逸？（停顿）它就是**发生在你身上的事**。（停顿）就是这样。都有什么不同？（停顿）新婚的可怜人，让出租车给撞了。餐馆的打工仔，中了彩票。（停顿）世间万象，人生百态。特别的是什么……吸引人的是什么？（停顿）我们都不同。（停顿）我们都不一样。（停顿）我们都不一样。（停顿）唔。（停顿，叹气）真是漫长的一天。（停顿）你喝什么？

林　克　兼烈。①

罗　马　嗯，再一起喝两杯。我叫理查德·罗马，你呢？

林　克　林克，詹姆斯·林克。

罗　马　詹姆斯，很高兴遇到你。（两人握手）见到你很高兴，詹姆斯。（停顿）我想给你看看这个。（停顿）这可能对你来说没什么意义……但也不一定。不知道，说不准。（停顿。他拿出一幅小地图，在桌上摊开）这是什么？佛罗里达，格伦加里高地，在佛罗里达。"佛罗里达，狗屁。"有可能确实是的，就像我刚说的，不过看看这儿：这是什么？一块地，听着，我跟你说……

---

① 一种鸡尾酒，由杜松子酒或伏特加与等量的酸橙汁调制而成。

# 第二幕

　　房地产公司办公室被洗劫过了。有扇窗户玻璃破了，用木板封住，玻璃碎了一地。阿罗诺和威廉森闲站着抽烟。停顿。

**阿罗诺**　以前听人说有的数字大得很，即使再乘以二，也没什么不同。（停顿。）

**威廉森**　谁说的?

**阿罗诺**　学校里的。（停顿。）

　　　　　（警探贝伦从办公室里间出来。）

**贝　伦**　好吧……?

　　　　　（罗马从外面进来。）

**罗　马**　威廉森……威廉森，合同还在吧……?

**贝　伦**　不好意思，先生……

**罗　马**　他们拿了我的合同?

**威廉森**　他们拿了……

**贝　伦**　不好意思，伙计……

**罗　马**　……有没有……

**贝　伦**　你能等等吗，请……?

**罗　马**　别惹我发火，伙计，我说的可是你欠我一辆他妈的凯迪拉克……

**威廉森** 他们没拿你合同，我临走前已经归档了。

**罗　马** 他们没拿我合同？

**威廉森** 他们——不好意思……（他和警探进了办公室里间。）

**罗　马** 啊，他妈的，他妈的。（他开始踢桌子）我操操操！威廉森！！！威廉森！！！（走到威廉森进去的房间门口，试着推门；门锁着）他妈的开……威廉森……

**贝　伦** （出来）你是谁？（威廉森出来。）

**威廉森** 他们没拿你合同。

**罗　马** 他们有没有……

**威廉森** 他们拿了，听着……

**罗　马** 这……

**威廉森** 听我说，他们拿了一部分。

**罗　马** 一部分……

**贝　伦** 谁告诉你……？

**罗　马** 谁告诉我这……？你真他妈，你个……你是谁……？窗户破了，封着木条啊……莫斯说的。

**贝　伦** （回头看了下里间办公室）莫斯……又是谁告诉他的？

**罗　马** 我他妈怎么知道？（对威廉森）什么情况……快说。

**威廉森** 他们拿走了一些合……

**罗　马** ……一些合同……林克，詹姆斯·林克，我签下的……

**威廉森** 你昨天签的。

**罗　马** 是的。

**威廉森** 都记下来，存档了。

**罗　马** 是吗?

**威廉森** 是的。

**罗　马** 那我就超额完成了，你欠我一辆凯迪拉克。

**威廉森** 我……

**罗　马** 我他妈什么都不想，我不管，有林克的单子，我算超额完成，你归档了，那就好，要是横生枝节，你自己搞定。单子我已经签下了，而你……你欠我车。

**贝　伦** 能让我们单独谈一下吗，请问?

**阿罗诺** 我，呃，可能……可能有保……有保……你应该，约翰，如果我们买过保……

**威廉森** 我肯定我们有保险，乔治……（回到办公室里间。）

**罗　马** 去他妈的保险。你欠我一辆车。

**贝　伦** （走回办公室里间）请留步，我们一会儿谈谈，你是?

**罗　马** 你是在问我?（停顿。）

**贝　伦** 是的。（停顿。）

**罗　马** 我是理查德·罗马。（贝伦进到办公室里间。）

**阿罗诺** 我，你知道的，他们应该买保险。

**罗　马** 你关心这个……?

**阿罗诺** 那样的话，你知道的，他们就不会这么烦……

**罗　马** 是的，那很好。没错。你说得对。（停顿）你怎样?

**阿罗诺** 我很好。哦，你是指公告牌? 是指上榜……?

罗　马　不是……是的，好吧，公告牌上榜的事儿。

阿罗诺　我，我，我，我搞砸了。你，你看得出来……我……（停顿）我不能……我脑子肯定没在状态，什么都做不……

罗　马　什么？做不了什么？（停顿。）

阿罗诺　我签不了客户。

罗　马　好吧，你那些客户资料都是以前的，我看过，他们给你的是垃圾。

阿罗诺　嗯。

罗　马　呃？

阿罗诺　是的，过时了。

罗　马　老早以前的。

阿罗诺　青青……

罗　马　青青牧场①。这个卖不动。（停顿。）

阿罗诺　确实卖不动。

罗　马　纯粹浪费时间。

阿罗诺　是的。（长久停顿）他妈的，我不是这块料。

罗　马　那……

阿罗诺　我事事……你知道的……

罗　马　不是……去他妈的狗屁单子，乔治。你是……嘿，你

---

① 房地产项目名。

这个月不走运而已。你有能力，乔治。

阿罗诺　是吗?

罗　马　你这段时间不走运。我们都……看看现在：十五套山
　　　　景，他妈的，都给偷了。

阿罗诺　他说他归档了……

罗　马　他归档了一半，选大单的存了。其他那些小的，我得、
　　　　我得重新……啊，他妈的，我得再去，他妈的傻里傻
　　　　气、低眉顺眼，重新谈……（停顿）我的意思是，要说
　　　　不走运，运气不好，无论是谁，自信都会给磨掉……
　　　　我还得出去，重新搞定所有的……电话呢?

阿罗诺　他们偷……

罗　马　他们偷了……

阿罗诺　这、这安保怎么搞的，人随便进来……进来……

罗　马　（自言自语）他们偷了电话。

阿罗诺　罪犯也能进来……偷了……

罗　马　他们偷电话，偷客户资料。他们……天哪。（停顿）我
　　　　这个月怎么办? 噢，呸……（朝门走去。）

阿罗诺　你觉得他们会抓住……你去哪儿?

罗　马　外面。

威廉森　（头伸出门外）你去哪儿?

罗　马　去餐……关你他妈什么……?

威廉森　你今天不出去做业务吗?

罗　马　怎么做?（停顿）怎么做，约翰，客户资料都给偷了……

威廉森　我还有去年的客户……

罗　马　……哦，哦，哦，你"怀旧"的资料。好，哦，不，是相当好，因为我用不着……

威廉森　……你今天要出去……?

罗　马　因为我用不着填肚子，这个月，是吗? 不，好吧，给我吧……（自言自语）该死的米奇和默里，这对狗屁……我怎么办，这……（威廉森回到办公室，阿罗诺上前跟他搭讪。）

阿罗诺　客户资料……

罗　马　……我怎么办，这个月……?

阿罗诺　客户资料买了保险没?

威廉森　我不知道，乔治，怎么问这个?

阿罗诺　因为，你知道的，因为如果没买保险，我觉得米奇和默里呃……（停顿。）

威廉森　怎么?

阿罗诺　会生气。

威廉森　是的。（走回他的办公室，停顿；对罗马）你今天出去吗……?（停顿；威廉森回到他的办公室。）

阿罗诺　他说我们都得和这个人谈。

罗　马　什么?

阿罗诺　他说我们……

罗　马　跟这个警察？

阿罗诺　是的。

罗　马　噢，真是太好了，继续浪费时间。

阿罗诺　浪费时间？为什么？

罗　马　为什么？因为他们找不出是谁偷的。

阿罗诺　这些警察？

罗　马　是的，这些警察。找不到。

阿罗诺　他们找不到？

罗　马　找不到。

阿罗诺　你为什么这么想？

罗　马　为什么？因为他们蠢。"你昨天晚上在哪儿……"

阿罗诺　你在哪儿？

罗　马　我在哪儿？

阿罗诺　是的。

罗　马　我在家，你呢？

阿罗诺　在家。

罗　马　看吧……你入室盗窃了吗？

阿罗诺　我？

罗　马　是的。

阿罗诺　没有。

罗　马　那就别担心，乔治，你知道为什么吗？

阿罗诺　不知道。

罗　马　因为你没什么好隐瞒的。

阿罗诺　（停顿）我跟警察谈话，会紧张。

罗　马　嗯，你知道谁不会紧张吗？

阿罗诺　不知道，谁？

罗　马　贼。

阿罗诺　为什么？

罗　马　他们已经习惯了。

阿罗诺　你这么想？

罗　马　是的。（停顿。）

阿罗诺　可我该跟他们说什么呢？

罗　马　就事实，乔治。就说事实。记事实，再简单不过。（威廉森拿着客户资料从办公室出来，罗马拿了一个，打开看。）

罗　马　帕特尔？拉维达姆·帕特尔？我怎么跟穷蛮子讨生活？你哪儿搞来的这种客户资料？停尸房吗？

威廉森　不想要，就还我。

罗　马　不是我"想"要，如果你懂我的意思的话。

威廉森　我给你三个客户，你……

罗　马　这他妈有什么用……？能有什么用？我跟你又说不清，还得跟警察啰嗦。我拼了命才把你这废地卖出去，那买地的老赖，钱都藏床垫里。合同带回来，你还保管不好，我还得回头再签……我他妈为什么要浪费时间？去他妈的。走了，我去重签上周的……

威廉森　默里说的，不用管，如果需要再签，他会亲自出马，以总经理的身份，从外面赶回来……

罗　马　好吧，好吧，好吧，这些给我。先这样吧。（拿过客户资料。）

威廉森　给你三个……

罗　马　三个？算两个。

威廉森　三个。

罗　马　帕特尔也算？去你的。那个希瓦也是软蛋，倒给他一百万让他"签合同"他也不会签。还有维什努，也差不多。去你的，约翰。你管好你的事，我有我的打算。你的事就是做个蠢蛋，你不就是那谁的表亲吗？我找他去，有办法让你……去你妈的——我等新客户。

（谢利·莱文进来。）

莱　文　拿笔来！笔呢……拿笔来！签了！我搞定了这混蛋。笔拿来，给我写公告牌上。我要去夏威夷！我要上那凯迪拉克榜，威廉森！把那该死的笔拿来。八套，山景……

罗　马　你卖了八套山景？

莱　文　当然！谁要去吃午饭？谁要去？我请。（啪的一声把合同摔到威廉森的桌上）他妈的八万二。一万二的提成，约翰。（停顿）就他妈单靠这种客户资料，跟个杂志订阅单没两样。

威廉森　谁?

莱　文　（指着合同）自己看，纽伯格家，布鲁斯和哈丽雅特。（看看周围）怎么了，这是?

阿罗诺　他妈的，我在格伦河谷①遇到过他们。（莱文看看四周。）

莱　文　怎么了?

威廉森　进贼了。

罗　马　八套?

莱　文　没错。

罗　马　谢利……!

莱　文　嘿，真他妈厉害。时来运转了……

阿罗诺　不愧是谢利·"售卖机"·莱文。

莱　文　嘿……

阿罗诺　真厉害。

莱　文　谢谢，乔治。

　　　　（贝伦头伸出房间外；叫着"阿罗诺"。）

莱　文　威廉森，打电话，给米奇……

罗　马　他们偷走了电话……

---

① 房地产项目名。

莱　文　他们……

贝　伦　阿罗诺……

罗　马　他们偷走了打字机，偷走了客户资料，偷走了现金，还偷走了合同……

莱　文　什……什……什么……？

**阿罗诺**　办公室给偷了。（走进里间。）

莱　文　（停顿）什么时候的事？

罗　马　昨晚，凌晨。（停顿。）

莱　文　他们偷了客户资料？

罗　马　嗯。（莫斯结束了审问。）

莫　斯　他妈的混蛋。

罗　马　怎么，他们拿警棍打你？

莫　斯　有手，有图，条子也找不到个屌。谁跟他谈，谁就是蠢蛋……

罗　马　你要转做污点证人？

莫　斯　去你的，里基①。今天我不出去了，走了，回家去，这儿啥也干不成……谁跟他说话，谁就是……

罗　马　猜猜"售卖机"干成了什么？

莫　斯　去他妈的"售卖机"。

罗　马　山景，八套。

---

① 理查德的昵称。

莫　斯　去他妈的，这条子没权跟我这么说，又不是我抢的……

罗　马　你听到我说什么了？

莫　斯　听到了，他做成了一单。

罗　马　八套，山景。

莫　斯　（对莱文）你做的？

莱　文　没错。（停顿。）

莫　斯　去你的。

罗　马　猜猜谁？

莫　斯　什么时候……？

莱　文　就刚刚。

罗　马　猜猜谁？

莫　斯　你刚刚，今早上……

罗　马　哈丽雅特和什么什么·纽伯格来着。

莫　斯　你干成了？

莱　文　足足八万两千块。（停顿。）

莫　斯　他妈的，就那些烂鬼……

莱　文　才不是呢，我跟他们说，（对罗马）听着，我这么说
　　　　的……

莫　斯　嘿，我可没闲心听你他妈的英勇事迹……

罗　马　去你的，戴夫……

莱　文　"你得相信自己……你，"我就这么说，"好吧……？"

莫　斯　（对威廉森）给我客户，我要出去……不想待在……

| 莱　文 | "……你得相信自己……" |
|---|---|
| 莫　斯 | 算了，去他妈的客户，我还是回家了。 |
| 莱　文 | "布鲁斯、哈丽雅特……不用理我，但要相信你们自己……" |
| 罗　马 | 我们还没分到客户资料…… |
| 莫　斯 | 为什么？ |
| 罗　马 | 给偷了…… |
| 莫　斯 | 嘿，反正也是他妈的垃圾……他妈的全都…… |
| 莱　文 | "……看看周围，你说：'这个人有啥啥啥，我什么都没有……'" |
| 莫　斯 | 狗屎！ |
| 莱　文 | "'为什么？为什么我抓不住机会……？'" |
| 莫　斯 | 合同也偷走了……？ |
| 罗　马 | 你他妈还会关心……？ |
| 莱　文 | "我想告诉你，哈丽雅特……" |
| 莫　斯 | 你他妈什么意思……？ |
| 莱　文 | 你能闭嘴吗？我在跟你说……（阿罗诺伸出头来。） |
| 阿罗诺 | 有咖啡没……？ |
| 莫　斯 | 你还好吧？（停顿。） |
| 阿罗诺 | 还好。 |
| 莫　斯 | 嗯哼。 |
| 阿罗诺 | 要是有人出去，帮我带杯咖啡回来。 |

莱　文　"你确实有……"（对罗马）呃？啊？

莫　斯　他妈的，你刚刚那话，什么意思？

莱　文　"你确实有机会……你抓住机会，就像我这样，每个人都可以……"

莫　斯　问你呢，里基？……你是说我不在乎合同给偷了？（停顿。）

莱　文　我在厨房瞅准机会，当时正在吃她的脆皮奶酥蛋糕。

莫　斯　你到底什么意思？

罗　马　意思就是，戴夫，这个月你一笔大单都没做成。关我屁事，还一直追着我问。（停顿）所以，你都没合同可以被偷。

莫　斯　你嘴贱，里基，知道吗……？

莱　文　里克①，我跟你说。是这样的，我们在那……

莫　斯　你他妈闭嘴。（停顿）里基，你够尖酸的……（对莱文）你他妈没完没了地瞎扯什么……？（对罗马）要说这个，是吧，我的销售记录？你不走运时，我做单子，你也只能干看着，够你好受的。（停顿）你得长长久久地受着。你也就没话说了。

罗　马　刚谁在说"去他妈的'售卖机'"？

莫　斯　"去他妈的'售卖机'"？"去他妈的'售卖机'"？怎

────────────

①　理查德的昵称。

样？难不成是礼仪课……？去你的，里克——你他妈疯了吗？你势头好，就以为这地方是你做主……？！你想……

**莱　文**　戴夫……

**莫　斯**　……闭嘴。想怎么对付谁就怎么对付谁？是吗？今天来这该死的办公室，我被傻条子侮辱，说是我干的……还被你当面挤兑，狠狠地挤兑，就因为你排第一……

**罗　马**　是吗？戴夫？我让你难堪了？天哪……对不起……

**莫　斯**　世界之巅，世界之巅，在那儿看，一切都是他妈的桃子绒毛。

**罗　马**　噢，我可没工夫关心一个正倒霉的人道主义者，也不知道哪儿冒出来的。去你的，戴夫，你知道自己嘴大吧。你要是做成一单，牛屁烘烘，这儿得臭一星期。"你拿下多少"，你有多爷们儿，"嘿，来，我买包口香糖，教你嚼"。可要是你哥们儿搞定了，你就出口成"脏"。你他妈太操蛋了……

**莫　斯**　谁是我哥们儿……？你是谁，里基，啊？当自己是谁？希恩主教①？你他妈算老几？臭显摆……你算什么？工人之友？狗屁。去你的，你他妈屁事不记，苍蝇脑子。

---

①　希恩主教以借助诸如电视等流行文化手段传道而闻名。

我就看你不顺眼。

罗　马　你干什么？做告别演讲？

莫　斯　我回家去了。

罗　马　你跟部队告别了？

莫　斯　不回家，我去威斯康星。

罗　马　旅途愉快。

莫　斯　（跟"愉快"同时说出）去你的，滚蛋，统统滚蛋。（莫斯离开。停顿。）

罗　马　（对莱文）说到哪儿了？（停顿）来，接着说，你在厨房逮到机会，摊开单子，身上只穿着衬衣，你能感觉到。嘿？打起精神，你刚说到正吃着她的脆皮奶酥蛋糕。（停顿。）

莱　文　我吃着她的脆皮奶酥蛋糕……

罗　马　味道如何……？

莱　文　店里买的那种。

罗　马　去她的……

莱　文　"我们要做的是承认自己发现了机会……再抓住机会。（停顿）就这样。"我们就坐着，（停顿）我拿出笔……

罗　马　"抓紧成交……"

莱　文　就是这意思。老办法，就是靠老办法……说动了那混蛋……让他买……他买了……让他签支票。（停顿）布鲁斯、哈丽雅特……在厨房里，就这样。他们把钱投在政府债券上……我说算了，我们得整齐全了。我圈出了八套，共八万二。我告诉他们："就是现在，这就是你们梦寐以求的。就像你在火车上找到个手提箱，遇到个什么人，捡到个装满钱的袋子，就像这样，哈丽雅特……"

罗　马　（沉思地）哈丽雅特……

莱　文　布鲁斯……"我不想浪费时间，不想磨磨叽叽、畏首畏尾。你得仔细着点。我也是。我来是为了你和我，为了我俩。干吗不一步到位呢？我只接受全额投资，就是这话，全部八套。我知道你会说'稳妥点好'，你的心思我都懂。我知道，要是让我考虑，你就会说'明天再说吧'。我一出这门，你就会泡上咖啡……坐下来……然后想'保险起见……'。为了让我不至于失望，你会买个一两套。你害怕，害怕可能存在风险。但不能这样，这不是关键……"听着，我后来是这么说的："这不是关键，我们今晚坐下来不是为这个。"然后，我把笔递过去。我手里拿着笔，把合同转向他们，八套，八万二。"好，来签吧。"（停顿）我坐在那儿，五分钟。我就这么坐着，里基，看到厨房的钟，又过了二十二分钟。（停顿）厨房的钟，又过了二十二分钟。我一言不发，一动不动。我在想什么？"胳膊酸了？"不。我做到了！我做到了！就像过去那样，里基，就像我过去学到的……就像、像、像我过去做的那样……
我又做到了。

罗　马　就像你教我的那样……

莱　文　哪有的事，你……没有。没有……那……好吧，如果
教过，我也很乐意。我，好吧，我注意力都在他们身
上，全在他们身上，完全没想自己。所有念头都是他
们，最后一念间，我说："就现在。"（停顿）他们签
了，里基，太棒了，真他妈太棒了，就好像他们突然就
蔫了，没反应……什么都没有。齐刷刷地。他们，我对
天发誓，他们俩似乎都垮了下来，很细微地。他伸出
手，够着笔，签字，再递给她，她也签了。真他妈庄
严。我没动，只是点头，像这样，再次点头。我拉过他
的手，握手。又拉过她的手，冲她点头，像这样。"布
鲁斯……哈丽雅特……"我笑容满面，朝他们点头，
像这样。我指着客厅，餐边柜。（停顿）我他妈都没注
意到那儿有个餐边柜！！他走过，拿了喝的，还有小
酒杯，杯子上有图案的那种，然后干杯。什么都没说。
（停顿。）

罗　马　是笔大买卖，精彩，谢利。（停顿。）

莱　文　啊，他妈的，客户！给我客户！威廉森！（威廉森从办
公室里伸出头来。）让我去！我去！

威廉森　客户资料正送过来。

莱　文　给我!

威廉森　我跟默里和米奇一小时前联系过,他们正赶过来。当
　　　　然,他们有点生气,因为今早……

莱　文　你跟他们说我的单子没?

威廉森　我怎么跟他们说?呃?都没电……等他们带客户资料
　　　　过来,我就说,好吧?谢利,好吧?现在有点……你做
　　　　成了买卖,签了大单,这很好。

莱　文　可不止好买卖这么简单,这是……

威廉森　瞧,我烦心事够多了,他们要过来,呃,很生气,我得
　　　　怎么解释解释……

莱　文　我敢说,这件事值得你告诉他们,这是笔了不起的大
　　　　买卖。

威廉森　得看这买卖是跟谁做的。

莱　文　你他妈什么意思?

威廉森　意思是,如果这买卖有效,才算是奇迹。

莱　文　为什么这买卖可能无效?嘿,去你的,我只能这么说。
　　　　你完全不懂你的工作。男人靠工作安身,但你的工作
　　　　一团糟。听懂没?你那“月公告牌”的末日到了……你
　　　　在办公室做不了主。我懒得理你。什么都不懂,没分
　　　　寸,孬种一个。你出门谈过客户吗?哪怕一次?你这衰
　　　　人去过吗……坐下来跟客……

威廉森　我要是你,我会冷静点,谢利。

莱　文　是吗？你会……？不然你怎样，炒掉我？

**威廉森**　也不是不可能。

莱　文　就在成交八万二的今天？离成交还不到半天。

罗　马　你今天成交的？

莱　文　是的，成交了，就今早。（对威廉森）我对你说啥来
　　　　着？世事难料，明白？你搞得一塌糊涂，因为你不懂
　　　　行。你不懂看前路，当然看不到未来。人会有转机的，
　　　　约翰，可能焕然一新，懂吗？完全转运。你也不懂回头
　　　　看，不知道过去的事儿。你去问问看，奥兰珠那会儿，
　　　　销售冠军是谁？一个月……？两个月……？十二个月里
　　　　有八个月都是，连续三年。你知道那意味着什么吗？你
　　　　知道那意味着什么吗？那是运气？是什么、什么、什么
　　　　偷来的客户资料？那是能力，是天赋，是、是……

罗　马　……是的……

莱　文　……你想不起来，因为你当时没在。那就是上门推
　　　　销。我直接敲门，也不知道他们姓甚名谁，但我就能
　　　　卖出去。不想买的东西，他们也照买不误。现在叫软
　　　　推销……当时还没这叫法……当时没什么说法，但事
　　　　实上我们已经做到了。

罗　马　说得没错，谢尔①。

————————————

① 谢利的昵称。

莱　文　而且，而且，而且，我做到了。我供孩子上完了学。我的女儿……她……还有……上门推销，伙计，挨家挨户，这些你都不知道，你不懂。你从没听过走不走运这种事，也从没听过"集结销售力量"①……你算老几？秘书而已，约翰。去你的。这就是我要说的。去你的，靠边儿站。你不乐意，我就找杰里·格拉夫去。就是这话。去你的。快，把我写到公告牌上。我今天要三个优质客户，差劲的别给，我今天就全签下来，就今天，全搞定。我就这么放话给你。

罗　马　他说得没错，威廉森。（威廉森走进旁边一间办公室。停顿。）

莱　文　也不对，抱歉，可以说，要怪就怪米奇和默里。（罗马看到了窗外的人影。）

罗　马　（低声地）噢，天哪。

莱　文　去他的。先去吃饭，客户资料一会儿才……

罗　马　你假装客户，刚从我手里买下五个格伦加里的滨水农场。我一揉头，你就给信号，说"凯尼尔沃思"。

---

① 莱文此处用的 marshal 一词，暗中嘲讽了第一场戏中威廉森说自己的工作是"收集潜在客户"（marshal the leads）的说法。当时威廉森把 marshal 一词用在管理工作上，此处莱文针锋相对。在莱文看来，销售是靠出门打拼、冲锋陷阵的推销员，而不是靠坐在办公室里整理资料的办事员。

大卫·马梅特剧作集

莱　文　什么？

罗　马　凯尼尔沃……（林克进入办公室。）

罗　马　（对莱文）我置了产业，我妈妈也有，我让她买的。
　　　　来，我指给您看。您回家也可以再看看，从 A-3 到 A-
　　　　14 号路，还有 26 号路到 30 号路。您再考虑下，如果还
　　　　觉得……

莱　文　不，罗马先生，不需要考虑了，上一轮我投资了不少……

林　克　我得和你谈谈。

罗　马　（抬头看）吉姆①！你怎么来了？吉姆·林克，D. 雷·
　　　　莫顿……

莱　文　见到你很高兴。

罗　马　我刚介绍吉姆买了黑溪②……你听过没……

莱　文　没有……黑溪，哦，在佛罗里达？

罗　马　是的。

莱　文　我想和你谈谈这……

罗　马　好啊，刚好周末就可以。

莱　文　我妻子让我看看……

罗　马　美！美丽的土地，连绵起伏，我跟吉姆和吉妮说过的。
　　　　对了，雷，我跟您说，（对莱文）雷，您吃过很多餐

_____

① 詹姆斯的昵称。
② 佛罗里达州克莱县圣约翰河的一条支流，此处应为指代这条支流附近
　 的房地产项目。

厅，我知道您吃过……（对林克）莫顿先生在美国运通公司……他是……（对莱文）我能告诉吉姆吗，您的工作……？

**莱　文**　没问题。

**罗　马**　雷分管美国运通公司在欧洲的所有销售和服务……（对莱文）但我可以说，你不能算吃过饭，除非尝过……上回我去林克家……对了，您上次讲的那个服务特色是什么……？

**莱　文**　那个……

**罗　马**　"家庭烹饪"……您是怎么说的来着，您说的……那什么来着……

**莱　文**　呃……

**罗　马**　家庭……

**莱　文**　家庭烹饪……

**罗　马**　那个月度采访里……？

**莱　文**　哦！那杂志做的……

**罗　马**　是的，这事儿我能说下……？

**莱　文**　这个嘛，那期到二月才登……不过，行吧，没问题，说吧，里克。

**罗　马**　确定可以？

**莱　文**　（点头）没问题。

**罗　马**　好吧，雷在法国他同事家吃饭……这人是法国人，对吧?

莱　文　不,他太太是法国人。

罗　马　啊,对,他太太才是。对了,雷,现在几点……?

莱　文　十二点一刻。

罗　马　噢! 天哪……我得送你去机场了!

莱　文　我没说吗,我飞机是两……

罗　马　没有,你说的一点,所以你才说等到了凯尼尔沃思
再谈。

莱　文　哦,天哪,是的! 一点的飞机……(起身)那得赶
快……

林　克　我得和你谈谈……

罗　马　我得送雷去奥黑尔机场……(对莱文)是啊,得赶快
……(回过头)约翰! 替莫顿先生打个电话,给匹兹堡
的运通公司,好吗? 告诉他们,他乘一点的飞机。(对
林克)回头见……哎,很抱歉你一路过来……我要开车
送雷去奥黑尔……你先在这儿等等,我一会儿……哦,
不行。(对莱文)我约了您的人在银行见……(对林克)
要是你提前打电话就好了……这样吧,等等,你和吉妮
今晚在家吧?(罗马揉头。)

林　克　我……

莱　文　里克。

罗　马　怎么?

莱　文　凯尼尔沃思……？

罗　马　你说什么……？

莱　文　凯尼尔沃思。

罗　马　噢，天哪……噢，天哪……（罗马把林克拉到一边，低声说）吉姆，不好意思……我告诉过你雷是谁，他是美国运通公司的高级副总裁。他的家族拥有百分之三十二的……过去这些年，我卖给他……我没法告诉你具体数额，但有相当多的地产。五周前，我答应去他妻子的生日派对，在凯尼尔沃思，就今晚。（叹气）我不得不去。你明白吧？他们待我就像家人，我不得不去。说来也有意思，你知道吧，我们都清楚那种公司人形象，心思全在生意上……但这个人，完全不同。有机会我们可以去他家。我来看看，（他查了查记事本）明天，不，明天我在洛杉矶……周一……我找你吃午饭，你想去哪里吃？

林　克　我太太……（罗马揉揉头。）

莱　文　（站在门口）里克……？

罗　马　对不起，吉姆，我现在没时间，晚上给你电话……很抱歉。我这就来，雷。（向门口走去。）

林　克　我太太说我得取消交易。

罗　马　这很正常，吉姆。我跟你说这是怎么回事，而且我知道这就是你娶她的原因。谨慎是一方面，毕竟这笔投资相当大。一般人通常会犹豫……女人也会，这种反应只是因为投资规模大。星期一，如果你还请我去你家吃晚饭……（对莱文）他太太可会做……

**莱　文**　（同时说）肯定是的……

**罗　马**　（对林克）我们回头聊。我有些事要给你说，（低声说）关于你那块地，我有事要告诉你。现在不能说，真不该说。事实上，从法律上看，我……（耸耸肩，做出妥协的样子）买你旁边那块地的人，买成四万二，他打电话来说已经有人出价……（罗马揉揉头。）

**莱　文**　里克……?

**罗　马**　就来，雷……今天真是! 我晚上给你电话，吉姆。真对不起，你还得再来一趟……星期一，午饭见。

**林　克**　我太太……

**莱　文**　里克，我们真得走了。

**林　克**　我太太……

**罗　马**　周一见。

**林　克**　她打电话给消费者……律师，我也不清楚，司法部……①他们说我们有三天时间……

**罗　马**　她打电话给谁?

---

①　林克指美国司法部消费者服务部门（Attorney General's Consumer Services Department）。

林　克　我不清楚，司法部……那个……什么消费者办公室。

罗　马　她为什么那么做，吉姆？

林　克　我不知道。（停顿）他们说我们有三天时间。（停顿）他们说我们有三天时间。

罗　马　三天。

林　克　可以……你知道的。（停顿。）

罗　马　不，我不知道，你告诉我。

林　克　可以改主意。

罗　马　哦，当然，你们有三天时间。（停顿。）

林　克　所以我们没法周一谈。（停顿。）

罗　马　吉姆，吉姆，你看到我的日程……我没法，你看到的……

林　克　但是我们得赶在周一前，把我的钱拿回……

罗　马　三个工作日。他们的意思是有三个工作日。

林　克　周三、周四、周五。

罗　马　我不懂。

林　克　就是这几天，三个工作日……如果等下周一，就过了时间期限。

罗　马　周六你没算。

林　克　我没算。

罗　马　不是，我的意思是你没把周六算进……你的三天里，周六不是工作日。

林　克　可我不能算上周六。（停顿）周三、周四、周五，时间
　　　　就过了。

罗　马　怎么时间就过了？

林　克　如果等到周一……

罗　马　你支票什么时候开的？

林　克　昨……

罗　马　昨天周几？

林　克　周二。

罗　马　支票什么时候兑现的？

林　克　我不知道。

罗　马　最早可能兑现的时间是什么时候？（停顿。）

林　克　我不知道。

罗　马　今天。（停顿）是今天，但是无论如何今天都不会兑
　　　　现，因为协议上还有一两处我要再跟你确认。

林　克　支票还没有兑现？

罗　马　我刚问过中心，还摆在桌上呢。

莱　文　里克……

罗　马　等会儿，马上就来。（对林克）实际上，有……有的
　　　　事——我刚跟你说的（看看四周）——不方便在这
　　　　儿说。

　　　　（警探把头伸出门廊。）

贝　伦　莱文！！！

林　克　我、我……

罗　马　听我说，这一条，是为了保护你，这没什么好说的，事
实上，我当时还参与了起草，所以我完全同意。它规
定从完成交易开始，你有三天冷静期，可以改变
主意。

贝　伦　莱文！

罗　马　而完成交易，就是得等到支票兑现才算。

贝　伦　莱文！！

（阿罗诺走出警探所在的办公室。）

阿罗诺　受够了，他妈的这摊子破事儿。不该那样对人说话。
你怎么能跟我说……？

贝　伦　莱文！（威廉森从他办公室伸出头来。）

阿罗诺　……你怎么能跟我说……说……

莱　文　（对罗马）里克，我去叫出租。

阿罗诺　我没偷……（威廉森看见莱文。）

威廉森　谢利，进办公室去。

阿罗诺　我没有……为什么该我……"你在哪儿，昨……"有
人听我说吗……？莫斯呢……？他人呢……？

贝　伦　莱文？（对威廉森）这是莱……（贝伦要上前找林克
说话。）

莱　文　（带贝伦进办公室）呃，呃，也许我可以给你点建
议……（一边退出，一边对罗马和林克说）不好意思，

你们能……?

**阿罗诺** （与上面莱文的话同时）……来这儿……我是来工作，
不是来找罪受的……

**威廉森** 去吃饭吧，好吗……

**阿罗诺** 我今天想工作，就来了……

**威廉森** 等客户资料一到，我就……

**阿罗诺** ……所以我来了，我以为……

**威廉森** 走吧，吃饭去。

**阿罗诺** 不想去。

**威廉森** 去吃饭，乔治。

**阿罗诺** 对老实工作的人，他凭什么那么说? 太不……

**威廉森** （勉强使他静下来）能出去说吗? 这儿有客户谈生
意……

**阿罗诺** 就是这，就这，这就是我想做的。（停顿）我来就是做
这个的……却遇上了盖世太保的手……

**威廉森** （回到他的办公室）不好意思，失陪……

**阿罗诺** 盖世太保的手段……居然对我用盖世太保的手段……
不对……没人有这权利…… "找律师"，就表示你有
罪……你受怀…… "合……"他说， "合作"，不然就
进局子。这不……我还有……

**威廉森** （从办公室冲出来）你出去，出去，行吗? 我还管着这
办公室。去吃午饭行吗? 去啊。你能去吃饭吗? （退回

办公室。）

罗　马　（对阿罗诺）能让我们……?

阿罗诺　莫斯呢……? 我……

罗　马　麻烦你让我们谈……?

阿罗诺　呃，呃，他去餐馆了?（停顿）我……我……

　　　　（退场。）

罗　马　我很抱歉，吉姆，我向你道歉。

林　克　不是我，是我太太。

罗　马　（停顿）怎么?

林　克　我说过了。

罗　马　再说一下。

林　克　这儿发生什么事了?

罗　马　再跟我说一遍。你太太。

林　克　我说过了。

罗　马　那再说一遍。

林　克　她想把钱拿回来。

罗　马　我们去跟她谈谈。

林　克　不，她跟我说"立刻、马上"。

罗　马　我们跟她谈，吉姆……

林　克　她不会听的。

　　　　（警探伸出头来。）

贝　伦　罗马。

林　克　她对我说，如果不退，我就得找州检察官。

罗　马　不，不，她只是那么一说，咱们用不着照做。

林　克　她说我得这么办。

罗　马　不，吉姆。

林　克　我得照办，如果拿不回钱……

贝　伦　罗马!（对罗马）我叫你呢……

罗　马　我还……瞧。（笼统地说）谁能让这家伙别来烦我。

贝　伦　你有问题?

罗　马　是的，我有问题，没错，我有，我的朋……把这地方搞成这样的不是我，我正谈生意，一会儿去你那边。懂不……?（警探回到里间办公室，罗马回头看，林克正往门边走）你去哪儿?

林　克　我……

罗　马　你去哪儿……?是我……里基，吉姆，吉姆，任何东西，你想要，只要你想要，就能有。明白吗?有我在。你心烦了，来，坐，坐下。告诉我，什么事。（停顿）我会帮你搞定?那还用说。来，坐，知道吗……?有时候，我们需要局外人来看。这是……不，你坐……来跟我说说。

林　克　我没法谈。

罗　马　什么意思?

林　克　这……

罗　马　……什么，什么，说吧，跟我说……

林　克　我……

罗　马　什么……?

林　克　我……

罗　马　什么……? 说出来。

林　克　我没权力。(停顿)我说了。

罗　马　什么权力?

林　克　商谈的权力。

罗　马　要商谈什么?(停顿)要商谈什么呢?

林　克　这事。

罗　马　什么，"这事"?(停顿。)

林　克　这协议。

罗　马　这"协议"，先放一边，别管这个协议，你有烦心事，
　　　　吉姆，怎么了?

林　克　(起身)我不能跟你说，你见过我太太，我……
　　　　(停顿。)

罗　马　什么?(停顿)什么?(停顿)什么，吉姆? 这样吧，我
　　　　俩出去……去喝一杯。

林　克　她叫我别跟你谈。

罗　马　我们去……没人知道，我们去转角那家，喝一杯。

林　克　她说我得拿回支票，不然就找州检……

罗　马　别管这协议，吉姆。(停顿)忘了这事……你知道我

的。这事过去了。我还要说这买卖吗？翻篇了，好吧。我们来说说你，来吧。（停顿。罗马起身，开始走向前门）来吧。（停顿）来吧，吉姆。（停顿）有些事我想告诉你。你有你的生活，和妻子是一纸合同，有些事你们一起做，有纽带……但还有其他事，只关乎自己。你用不着惭愧，用不着觉得自己在撒谎……或者觉得她发现后会抛弃你。这是你的生活。（停顿）是的。看到你这么不安，我担心你，才跟你说这些。走，喝一杯去。走吧。（林克站起来，他们走向门边。）

贝　伦　（头伸出门外）罗马……

林　克　……那个……那个……（停顿。）

罗　马　什么？

林　克　那个支票……

罗　马　我说什么来着？（停顿）刚说了有三天……？

贝　伦　罗马，你好了吗？我还想去吃饭……

罗　马　我和林克先生谈点事，可以的话，我待会儿（看看表），待会儿就来……我跟你说，你找威廉森先生。

贝　伦　中心那边说……

罗　马　你再打电话过去。威廉森先生……！

威廉森　（从他办公室出来）我在。

罗　马　林克先生和我要去……

威廉森　好的，去吧，去吧。（对林克）警察（耸耸肩）有时太……

林　克　警察来做什么？

罗　马　没什么。

林　克　警察在这里做什么……？

威廉森　我们昨晚进了小贼。

罗　马　没事……我正安慰林克先生……

威廉森　林克先生，哦，是詹姆斯·林克。你的合同送出去了，
　　　　没什么可……

罗　马　约翰……

威廉森　你的合同送去银行了。

林　克　支票兑现了？

威廉森　我们……

罗　马　……威廉森先生……

威廉森　你的支票昨天下午就兑现了。我们买过保险，这你知
　　　　道的，万无一失。（停顿）。

林　克　（对罗马）你们兑现支票了？

罗　马　据我所知没有，没有……

威廉森　我保证我们能……

林　克　噢，天哪……（朝门走去）别跟着我……噢，天哪。
　　　　（停顿，对罗马）我知道我让你失望了。对不起。
　　　　原……原谅……原……不知道说什么好。（停顿）原谅
　　　　我。（林克退场。停顿。）

罗　马　（对威廉森）该死的。你，威廉森……我跟你说，白痴……你刚让我损失了六千块。（停顿）足足六千块。外加一辆凯迪拉克。没错。你要怎么办？你要怎么办，混蛋！你他妈废物。本事学哪儿去了？他妈的蠢货，白痴。谁说你可以和爷们儿一起干？

贝　伦　我能……

罗　马　我要让你走人，蠢蛋。我要去中心，跟米奇和默里说，我要去找莱姆金①。不管你是谁的侄子，你认识谁，你跪舔谁，你都走定了，我发誓，要你……

贝　伦　嘿，伙计，我们先做完这……

罗　马　这办公室的每个人都靠才智生存……（对贝伦）我一会儿就来。（对威廉森）你的工作是协助我们——懂吗？是协助，不是添乱……是协助爷们儿在外打拼。你个兔子②，软蛋职员……我再跟你说点别的。我倒希望是你抢的，我可以给警察朋友爆点料，把你抓起来。（开始走进屋子）你要是活过就该知道的第一原则，想学吗？……那就是闭嘴，除非你心里有谱。（停顿）该死的，幼稚……（罗马走进里间，贝伦跟在后面。）

_____

① 有评论认为莱姆金（Lemkin）是米奇和默里公司的顶层人物，地位比他俩更高，也有可能莱姆金就是米奇和默里的姓。

② 兔子（fairy）是对男同性恋的蔑称。

莱　文　你够蠢的，威廉森……（停顿。）

威廉森　嗯……

莱　文　不能随机应变，就该闭嘴。（停顿）听到了？跟你说话呢，听到了……？

威廉森　是的。（停顿）我听到了。

莱　文　办公室里学不来，呃？他说得对。在外打拼才学得到。你花钱也买不到，这本事得从生活中过出来。

威廉森　嗯……

莱　文　是。"嗯……"是。本来就是，确实是这样。①你的同伴就指望着这一点。（停顿）跟你说呢，我有话跟你说。

威廉森　有话说？

莱　文　是的。

威廉森　要跟我说什么？

莱　文　罗马想说的，我昨天也说过——你为什么干不了这行。

威廉森　我为什么干不了……

莱　文　听我说，有可能你哪天会说，"嘿……"——算了，先别管这个——就这么说吧，你听好了：你的同伴仰仗你。你的同伴……作为你同伴的那个人仰仗着你……你得站他、挺他……不然你就是狗屁，就是废物，你

---

①　这是莱文在重复威廉森的回答，模仿他唯唯诺诺的公司人形象。

不能独活。

**威廉森** （与他擦肩而过）见谅……

**莱　文**　……见谅个屁，你可以冷漠到想怎样就怎样，但你刚刚害一个好人少赚了六千块，还丢了他妈的大奖，因为你搞不懂其中的名堂。如果你本来懂，但不够男人，应付不了，那我不知道该说什么。你要是还不能从中吸取教训……（挡住他的路）就是败类，就是他妈的蠢材，要多冷漠就多冷漠。小屁孩都懂，罗马说得对。（停顿）你要编，也得编得有用才行，不然就闭嘴。（停顿。）

**威廉森**　嗯……（莱文抬起手臂。）

**莱　文**　好了，跟你没什么好说的了。（停顿。）

**威廉森**　你怎么知道是我编的？

**莱　文**　（停顿）什么？

**威廉森**　你怎么知道是我编的？

**莱　文**　你说什么？

**威廉森**　你说，"你要编，也得编得有用才行"。（停顿）你怎么知道是我编的？

**莱　文**　不懂你在说什么。

**威廉森**　我跟客户说，他的合同已经送去银行了。

**莱　文**　哦，难道没送出去？

**威廉森**　没有。（停顿）没送。

莱　文　别惹我，约翰，别跟我扯⋯⋯你什么意思？

威廉森　这么说吧，谢尔，我的意思是，通常我都把合同送去银行，就昨天晚上没有。你怎么知道？一年中就一个晚上，我把合同留在了办公桌上，其他人都不知道，除了你。那你是怎么知道的？（停顿）你要么跟我说，要么跟那什么人说去⋯⋯这关系到我的工作，现在我工作难保，你必须跟我说清楚。说吧，你怎么知道合同还在我桌上？

莱　文　你真是满口胡言。

威廉森　是你抢了办公室。

莱　文　（笑）是嘛！我抢的，没错。

威廉森　客户资料哪儿去了？（停顿。指着警探的房间）你想进去吗？我把知道的跟他说了，他总能挖出些什么⋯⋯你昨晚有不在场证明吗？你最好有。你把客户资料搞哪儿去了？如果你说了，这事还有得商量。

莱　文　我不懂你在说什么。

威廉森　如果你告诉我客户资料在哪儿，我就不告发你。你要是不说，我就告诉警察是你偷的，米奇和默里保证会让你蹲监狱，相信我，他们肯定会的。说吧，客户资料你怎么处理的？我现在就走向那扇门——你有五秒钟告诉我，不然就等着坐牢吧。

莱　文　我⋯⋯

　　　　　　　　　　　　　　　　　大卫·马梅特剧作集

威廉森　我豁出去了，你懂吗？客户资料在哪儿？（停顿）好吧。（威廉森作势推门。）

莱　文　我卖给杰里·格拉夫了。

威廉森　得了多少钱？（停顿）你得了多少？

莱　文　五千块。我得一半。

威廉森　另一半谁得了？（停顿。）

莱　文　这也要说？（停顿，威廉森作势推门）是莫斯。

威廉森　这钱来得容易，对吧？（停顿。）

莱　文　是莫斯的主意。

威廉森　是吗？

莱　文　我……我肯定他得的不止五千块，其实。

威廉森　嗯哼？

莱　文　他说我能分到的就是两千五。

威廉森　嗯。

莱　文　好吧，我……听我说，我会给你好处的。我会的。我这次变废为宝，连旧单子都谈成了，下次照样能成。废单终结者就是我，是我！是我！我让事情有了转……我能做到，任何事……昨晚，是这么回事，我正要离开，莫斯找到我，说："这么干，对大家都好……"为什么不呢？他妈的多大点事。我还有点想中途就给抓住，就能解脱……（停顿）话说回来，这事让我有了些感悟，我明白了要摆脱困境。没什么大不了的。我做不了贼，只适合干销售。现在我回来了，我又有了斗志……而且，你知道的，约翰，现在你有我的把柄。无论需要付出什么代价来弥补，我们都能办到。我们能弥补。

**威廉森** 我只想说，谢利，你就吹吧。（停顿。）

**莱　文** 什么？

**威廉森** 你嘴厉害，现在就让你见识嘴更厉害的。（开始走向警探所在房间的门。）

**莱　文** 你去哪儿，约翰？……你不能那么做，你不想那么做的……等、等等……等等……等下……等下……等下……（从口袋里掏钱）等下……呃，瞧……（开始拿钱）瞧，一千二，两千二，两……两千五，这儿……给你。（停顿）都给你……（停顿）给！

**威廉森** 不，我不吃这套，谢尔。

**莱　文** 我……

**威廉森** 不，我不想要你的钱。你搞砸了我的办公室，我想你走人。

**莱　文** 我……什么？你，你，就因为那个……？你疯了吗？我……我会为你搞定客户，我会……（把钱塞给他）给，给，我会让办公室……我又会成为第一……嘿，嘿，嘿！这还只是开始……听……听……听我说，听我说。等一下。听……这么办……我们就这么办：百分之

二十，我销售的百分之二十，归你……（停顿）百分之
二十啊，（停顿）只要我在这家公司干，就分你。（停
顿）百分之五十。（停顿）你会成为我的搭档。（停顿）
给你百分之五十，从我销售额里分。

**威廉森** 什么销售额？

**莱　文** 什么销售额……？我刚签下的八万二……你他妈……
我回来了……我又回来了，这还只是开始。

**威廉森** 还只是开始……

**莱　文** 绝对是……

**威廉森** 你去的哪家，谢利？布鲁斯和哈丽雅特·纽伯格家吧，
你要看看备忘录吗……？
他们是疯子……他们以前每周都打电话来。我还在韦
布干的时候，当时卖亚利桑那……？他们是疯子……
你没看到他们的举止吗？你怎么骗自己……

**莱　文** 我拿到支票了……

**威廉森** 得了吧，把它挂起来，没什么用。（停顿。）

**莱　文** 这支票没用？

**威廉森** 等会儿我把备忘录给你看。（朝门走去）我现在忙……

**莱　文** 他们的支票没用？他们是疯子……？

**威廉森** 不信你打电话问银行。我问过。

**莱　文** 你问过？

**威廉森** 问过，当初拿到潜在客户的资料时……四个月前。（停

顿）他们精神有问题，就喜欢和推销员聊天。（威廉森朝门走去。）

莱　文　别。

威廉森　抱歉。

莱　文　为什么？

威廉森　因为我就看你不顺眼。

莱　文　约翰，约翰……我女儿……

威廉森　去你的。（罗马从警探房间出来，威廉森进去。）

罗　马　（对贝伦）混蛋……（对莱文）这人连他妈客厅沙发都找不着……啊，天哪……倒霉，倒霉透了……连杯咖啡都没喝上……蠢蛋约翰，一开口就害我丢了凯迪拉克……（叹气）我敢肯定……这不是个男人的世界……这世界不够爷们儿。"售卖机"……这个世界都是些官僚、职员，他们磨洋工，看钟下班……结果呢，这世界逊爆了……没冒险可言。（停顿）快灭绝了，是的，（停顿）我们就是濒临灭绝的一族。这……这……这就是我们为什么得抱团。谢尔，我想跟你聊聊。之前就想跟你聊聊来着，其实很久以来一直都想。我说："'售卖机'，这个男人，我愿意和他共事，这个男人……"你知道吗？我从没吐露过半个字。我本该说出来的，也不知道怎么就没说。你今天帮我脱身那一套简直太精彩了……这……这——哦，原谅我，因为我连这么说的资格都没有——这令人钦佩……这是以前才有的本事。嘿，我最近运气好，可又能怎样？我还要跟你学。你今天吃了没？

莱　文　我？

罗　马　是的。

莱　文　呃。

罗　马　好吧，要不要去中国佬那边坐会儿，①吃个饭，再聊聊？

莱　文　我想我还是在这儿待着吧。（贝伦把头伸出房间。）

贝　伦　莱文先生……？

罗　马　等你好了，就下来，我们……

贝　伦　你能进来吗，请问？

罗　马　我们合作，好吗？谢尔？答应我吧。（停顿。）

莱　文　（轻声对自己说）噢。

贝　伦　莱文先生，我想我们得谈谈。

罗　马　我去中国佬餐厅了，你完事儿了，就下来，咱们一起抽根烟，聊聊。

莱　文　我……

贝　伦　（走过来）……进去。

罗　马　嘿，嘿，嘿，悠着点，朋友，这可是"售卖机"，谢利·

---

① 指第一幕中的中餐馆。

　　　　　　"售卖机"·莱……

贝　伦　给我滚进去。（贝伦开始推搡谢利。）

莱　文　里基，我……

罗　马　好，好，我在餐……

莱　文　里基……

贝　伦　叫"里基"也帮不了你，伙计。

莱　文　……我只是想……

贝　伦　哦，你想干什么？你想什么？（他把莱文推进房间，关
　　　　上身后的门。停顿。罗马开始整理衣装，准备离开办
　　　　公室。阿罗诺进来。）

阿罗诺　他们找到谁干的了？

罗　马　没有，不清楚。（停顿。）

阿罗诺　客户资料到了没？

罗　马　没有。

阿罗诺　（坐在办公椅上）哦，天哪，我讨厌这工作。

罗　马　（"工作"话音刚落，走出办公室）我会在餐厅。

奥利安娜

*Oleanna*

1992

## 人　物

卡萝尔——二十岁

约翰——四十多岁

## 场　景

故事发生在约翰的办公室。

# 第一幕

约翰在打电话，卡萝尔坐在他办公桌对面。

约 翰 （对着电话）那地呢？（停顿）那地，那地怎样？（停顿）怎么样？（停顿）不，我不明白。好吧，是，我、我……不，我确定它重……我确定它重要。（停顿）因为重要的是……嗯嗯嗯嗯……你联系杰里没？（停顿）因为……不，不，不，不，不。他们说什么……？你和房地产中介谈过没……她在哪儿……？嗯，嗯，好吧。她的记录呢？我们和她一起写的记录在哪里？（停顿）我以为你记了？不，不，对不起，我不是这个意思，我只是觉得我们在那儿时，我看到你……什么……？我好像看到你拿着笔。我说的是**为什么现在**？……好吧，所以我才说"联系杰里"。哦，我现在不行……不，我日程安排不了……格蕾丝，不是……我很清楚……听着，听着，你联系杰里没？打给他，好吗……？因为我现在不行。我一会儿过去，十五二十分钟就到。我是打算去的。不会，我们能买到，我们能买到这房子的。听着，听着，我放心上的。"地役

权",她说"地役权"? ①（停顿）她说什么？是"术语
辞令"吗？我们受这个限制吗……什么……（停顿）我
们，是不是——哦，是的，是受到限制……听着，（他
看表）在对方回去之前，好吧？"术语辞令"。因为，
是的，没错……（停顿）儿子有院子。好吧，这就是全
部……听着，我们一会儿那边见……（他看表）中介
在那边吗？好的，让她再带你看看地下室。再看一下，
因为……因……我一会儿就来，一会儿就来，十或十
五分钟……是的。不，不，我们一会儿见，就在那边
新……好的。如果他觉得有必要……你让杰里去
见……好吗？不会损失定金的。好吧？我肯定一切都
会……（停顿）希望是吧。（停顿）我也爱你。（停顿）
我也爱你。一结束……我就去。（他挂断电话，伏在桌
上记录，然后抬头对卡萝尔说）抱歉……

**卡萝尔**　（停顿）什么是"术语辞令"？

**约　翰**　（停顿）什么……？

**卡萝尔**　（停顿）什么是"术语辞令"？

**约　翰**　你想谈的就是这个？

---

① 地役权是一种不动产权利，指为特定土地的使用便利而利用他人土地
的权利。比如，若拥有私人停车位地役权，就能够在他人的土地上停
车；若拥有通行的地役权，就能够为了通往公共道路而穿过他人的土
地。约翰要买的新房子，涉及地役权的纠纷。

卡萝尔　……想谈……？

约　翰　我们直奔主题，好吗？卡萝尔？（停顿）难道你不这么
　　　　觉得？我跟你说，如果你有"事"，不得不开口——
　　　　（停顿）难道你不觉得……？（停顿。）

卡萝尔　……难道我不觉得……？

约　翰　嗯？

卡萝尔　……是不是我……？

约　翰　……什么？

卡萝尔　是不是……是不是我……是不是我说错了什……

约　翰　（停顿）不，对不起，不是的。你没错。我很抱歉。我
　　　　有点赶时间，你也看到了。对不起，你没错。（停顿）
　　　　什么是"术语辞令"？这似乎指字词的一种用法，这种
　　　　用法源自人们实际运用语言的过程，而在不了解这种
　　　　用法的人看来，该字词则比其常见含义多了些具体的
　　　　指涉。我认为，这就是"术语辞令"的意思。
　　　　（停顿。）

卡萝尔　你也不知道它的意思……？

约　翰　我不确定我知道。情况通常是这样，也许你遇到了，
　　　　查了字典，或者有人跟你解释了，然后你"啊哈"懂
　　　　了，但是转身就忘记……

卡萝尔　你没有那样。

约　翰　……我……？

卡萝尔　你没有那⋯⋯

约　翰　⋯⋯我没有，哪样⋯⋯？

卡萝尔　⋯⋯忘⋯⋯

约　翰　⋯⋯我没有忘⋯⋯

卡萝尔　⋯⋯没有⋯⋯

约　翰　⋯⋯忘记事情？每个人都有忘性。

卡萝尔　不，他们不会。

约　翰　他们不会⋯⋯

卡萝尔　不会。

约　翰　（停顿）不是的，人人都会忘。

卡萝尔　他们为什么会忘⋯⋯？

约　翰　因为⋯⋯我不清楚。因为他们没兴趣记着吧。

卡萝尔　怎么会？

约　翰　不过我就是这么认为的。（停顿）抱歉，我刚刚分心了。

卡萝尔　你用不着这么说。

约　翰　你来这儿，嗯，是对我的认可，或者说是向我"致敬"⋯⋯好吧，卡萝尔，我发现我有点为难，我发现我⋯⋯

卡萝尔　⋯⋯什么⋯⋯

约　翰　⋯⋯是这样，就是你的⋯⋯你的⋯⋯

卡萝尔　哦，哦，你要买新房子！

约　翰　呃，我们切入正题吧。

卡萝尔　"切入"？（停顿。）

约　翰　我知道有多么地……说真的，我知道有多么地……让人蒙羞，这些……我无意……我只是想帮你，但是，（他拿起桌上的论文）我甚至都不想说"但是"。不过我看了又看，也只能这么说……

卡萝尔　我只是……我只是努力……

约　翰　……不，不行。

卡萝尔　……什么？怎么……？

约　翰　不，我明白，我明白你，这……（他指着论文）但你写的这些……

卡萝尔　我只是……我上课，我……（她举起笔记本）我记笔记……

约　翰　（与"笔记"同时说）是的，我明白。我想告诉你，有些、有些基本的……

卡萝尔　……我……

约　翰　……是这样，有些基本的交流缺……

卡萝尔　我都按要求做的。我买了你的书，读了你的……

约　翰　不，我知道你……

卡萝尔　不，不，不，我都按要求做的，但是我觉得难，读不懂……

约　翰　……但是……

卡萝尔　我不……很多这种语言……

约　翰　……请听我说……

卡萝尔　这种语言，你所说的"那些"……

约　翰　抱歉，不，我认为这不是事实。

卡萝尔　这就是事实。我……

约　翰　我认为……

卡萝尔　这就是事实。

约　翰　……我……

卡萝尔　我为什么要撒……?

约　翰　我来告诉你为什么。你是个很聪明的女孩儿。

卡萝尔　……我……

约　翰　你很聪明……你完全可以完成这……你以为我看不出来?

卡萝尔　……我……

约　翰　不，不，我告诉你为什么，听我说……我觉得你愤怒，我……

卡萝尔　……我为什么……

约　翰　……听我说，我……

卡萝尔　是真的，我有困难……

约　翰　……每个人都……

卡萝尔　……我来自不同的社会……

约　翰　……每……

卡萝尔　不同的经济……

约　翰　……听着……

卡萝尔　不，我、我当时进这所学校……

约　翰　嗯，相当……（停顿。）

卡萝尔　……这都还不能说明什么吗……？

约　翰　……但是听着，听着……

卡萝尔　……我……

约　翰　（拿起论文）好了，请你，先坐下。①（停顿）坐下。
　　　　（读她的论文）"我认为这部作品所包含的观点，以作
　　　　者想要的方式，基于其结果，表达了作者的感受。"这
　　　　种话能有什么意义？你明白吗？什么……

卡萝尔　我、我尽全力的……

约　翰　我是说，也许这门课你……

卡萝尔　不，不，不，你不能，你不能……我得……

约　翰　……没法……

卡萝尔　……我得通过……

约　翰　卡萝尔，我……

卡萝尔　我得通过这门课，我……

约　翰　唉。

卡萝尔　……你就不能……

--------

① 卡萝尔此处情绪激动，说着说着就站了起来，所以约翰叫她坐下。

约　翰　要不然这……

卡萝尔　……我……

约　翰　……要不然这，我……要不然评判课程效果的标准
　　　　就……

卡萝尔　不，不，不，不，我得通过这门课。

约　翰　你看：我个人无能为力，我……

卡萝尔　我都按你的要求做了。我做了，做了所有事，读了你
　　　　的书。你说要买你的书，读你的书。你说的每件事
　　　　我……（她指了指她的笔记本。电话响了）我做……
　　　　每件……

约　翰　……听着……

卡萝尔　……要求我做的每件事……

约　翰　听着，听着，我不是你父亲。（停顿。）

卡萝尔　什么？

约　翰　我。

卡萝尔　我说过你是我父亲吗？

约　翰　……没有……

卡萝尔　那你为什么说……？

约　翰　我……

卡萝尔　……为什么……？

约　翰　……上课时我……（他接电话，对着电话）你好，我现
　　　　在不方便讲话。杰里？是吗？我知……我现在不方便。

我知道……我知道……杰里。我现在不方便说。是的，我……你晚点打给我……谢谢。（他挂断电话。对卡萝尔）你想我怎么办？我们两个人，对吧，两个人都得接受……

卡萝尔　不，不……

约　翰　……某些规定……

卡萝尔　不，你得帮我。

约　翰　某些制度性的……你想让我怎么做……你想让我怎么……

卡萝尔　我回去怎么跟他们交代我这成绩……

约　翰　……我能怎么做……？

卡萝尔　教教我。教教我。

约　翰　……我是在教你。

卡萝尔　我读了你的书，我读过。我不懂……

约　翰　……你读不懂。

卡萝尔　是的。

约　翰　哦，也许是书写得不好……

卡萝尔　（与"写得不好"同时说）不，不，不，我想要读懂。

约　翰　你哪里没读懂？（停顿。）

卡萝尔　哪里都没读懂。你想表达什么，你谈到了……

约　翰　……嗯……？（她查阅她的笔记。）

卡萝尔　"年轻人的虚拟仓储"……

| | |
|---|---|
| 约　翰 | "年轻人的虚拟仓储"。如果我们人为地延长青春期…… |
| 卡萝尔 | ……和"现代教育的诅咒"那部分。 |
| 约　翰 | ……嗯…… |
| 卡萝尔 | 我不…… |
| 约　翰 | 听着，这只是一门课、一本书而已，这只是…… |
| 卡萝尔 | 不，不，还关系到人呢，那些来这儿的人，为了追求新知。他们来这儿，寻求帮助，寻求帮助，找到能帮助他们的人。他们要做点事情，要明白事理。为了——那话怎么说的来着？——"为了出人头地"。这我怎么办得到，要是不能——要是课程都通不过？可我就是不懂，读不懂，我一点儿都不懂……只能团团转，从早到晚，脑子里就一个念头。我是笨蛋。 |
| 约　翰 | 没人认为你是笨蛋。 |
| 卡萝尔 | 是吗？那我是什么……？ |
| 约　翰 | 我…… |
| 卡萝尔 | ……那我又是什么呢？ |
| 约　翰 | 我觉得你是气愤，很多人都是。我得打个电话，还有个预约，马上就到时间了；我理解你的担心，但愿我能有更多的时间，但你没有预约就过来了，我…… |
| 卡萝尔 | ……你觉得我无足轻重…… |
| 约　翰 | ……约了中介、我太太还有…… |

奥利安娜

卡萝尔　你觉得我是笨蛋。

约　翰　不，当然没有。

卡萝尔　你说了。

约　翰　不，我没有。

卡萝尔　你说了。

约　翰　什么时候？

卡萝尔　……你……

约　翰　不，我从来没有，也绝对不会那样说学生，而且……

卡萝尔　你说："这种话能有什么意义？"（停顿）"这种话能有
　　　　什么意义？"……（停顿。）

约　翰　……你觉得我这话是什么意思……？

卡萝尔　意思是我是笨蛋，我学不会。就是这个意思。你说
　　　　得对。

约　翰　……我……

卡萝尔　但是，但是，那样的话，我还来这儿做什么……？

约　翰　……如果你认为我……

卡萝尔　……没人需要我，而且……

约　翰　……如果你这么理解……

卡萝尔　没人告诉我任何事，我坐在那……角落里。在后面。
　　　　其他人一直都在讨论"这个""概念""准则"，还有，
　　　　还有，还有，还有，还有，**你们到底在说什么**？我读了
　　　　你的书，他们说："很好，去上那门课吧。"因为你讲

了对年轻人的责任。**我听不懂，眼看着就通不过……**

约　翰　可能……

卡萝尔　不，你说得没错。"噢，真该死。"我通不过，不过就
　　　　不过吧。都是垃圾，我写的这些。"我认为这部作品所
　　　　包含的观点，表达了作者的感受。"确实，确实，我知
　　　　道我是笨蛋，我有自知。（停顿）我有自知，教授。你
　　　　用不着告诉我。（停顿）很可悲，是吧?

约　翰　……啊哈……（停顿）坐吧，请坐。（停顿）请坐下。

卡萝尔　为什么?

约　翰　我想跟你谈谈。

卡萝尔　为什么?

约　翰　先坐吧。（停顿）请坐。好吗，先坐下……?（停顿。她
　　　　坐下了）谢谢。

卡萝尔　什么?

约　翰　我想跟你说说。

卡萝尔　（停顿）什么?

约　翰　好吧，我懂你的意思。

卡萝尔　不，你不懂。

约　翰　我觉得我懂。（停顿。）

卡萝尔　你怎么能懂?

约　翰　我跟你说说我自己的故事。（停顿）不介意吧?（停
　　　　顿）我从小就觉得自己蠢，我跟你说。（停顿。）

卡萝尔　什么意思？

约　翰　就是我说的这个意思。在我的成长过程中，我最早的、最难以忘怀的记忆就是别人说我笨。"你智商就这样儿。你就非得干这种蠢事吗？"或者"难道你不能理解吗？难道你不懂吗？"而且我是不懂，我不懂。

卡萝尔　不懂什么？

约　翰　最简单的问题，我也不懂。太深奥了。

卡萝尔　什么太深奥了？

约　翰　人是怎么学习的。我要怎么学。就是我在课上讲的那些。当然你没听见，卡萝尔。当然你也不可能听得出来。（停顿）我过去常说到"真正的人"，好奇那些真正的人做了什么。真正的人。谁是真正的人？其他人，反正不是我。是那些好人、能人。他们能做我做不了的事：了解、学习、记住……所有那些无聊的废话——就是我课上讲的那些，确实就是我课上讲的那些东西——如果有人说你……这么说吧，如果有人对小孩说他不懂，那么这个孩子就会这么看待自己。我是什么？我是没有理解能力的东西。现在我看出你就是这种状态，就在刚刚我们谈概念……

卡萝尔　我完全理解不了。

约　翰　那好吧，责任在我，不在你。这不是说说而已，我确实是这么认为的。对不起，我应该向你道歉。

卡萝尔　为什么?

约　翰　刚刚我脑子里想着别的事情……我们准备买房，而……

卡萝尔　别人说你笨……?

约　翰　是的。

卡萝尔　什么时候?

约　翰　我告诉你什么时候，一直以来都是如此。我小时候；
　　　　当然，可能他们后来没说了。但是我一直听得到这种
　　　　声音。

卡萝尔　他们说什么?

约　翰　他们说我无能。你明白吗? 现在每当我要经受什么考
　　　　查时，那种、那种、那种我童年的感受，关于学习本身
　　　　的这种感受就会重现。而我……我就变得，我就感到
　　　　自己"不配""准备不足"……

卡萝尔　……是的。

约　翰　……呃?

卡萝尔　……是的。

约　翰　我就觉着我肯定会失败。(停顿。)

卡萝尔　……然后你就真的失败了。(停顿) 不得不这样。(停
　　　　顿) 是吧?

约　翰　一个飞行员。开着飞机。这个飞行员开着飞机。他想：
　　　　噢，我的天，我思想开小差了! 噢，天哪! 我可真是
　　　　个该死的弱智，满载着珍贵人生的飞机，我居然允许

自己在驾驶时走神？为什么会有我这种人？那些信任我的人该是受了怎样的蒙蔽……诸如此类，然后他的飞机失事了。

卡萝尔　（停顿）他其实可以只……

约　翰　没错。

卡萝尔　他可以说……

约　翰　我注意力分散了一会儿……

卡萝尔　……嗯哼……

约　翰　我不喜欢自己刚刚的想法……但是现在……

卡萝尔　……但是现在应该……

约　翰　这就是我想告诉你的。现在应该把我的注意力……听着，这并不是——我当时明白了这一点——这并不是什么魔法。是的，没错，你。你会害怕。面对那些考验时——不管是不是真的考验，但你会当真——你就会被吓到。你会说："我没有能力……"你全身心只想着两件事："我必须。但我不行。"然后你会想：为什么我生在每个人都比我好的世界里，成为世界的笑料？我什么都不配拥有，什么都学不会。（停顿。）

卡萝尔　这是不是……（停顿）这是不是就是我……？

约　翰　噢，我不知道能不能那么说，但是听着，我对你讲话，就像是对我儿子讲话一样，因为我希望他能拥有我从来没有过的信心。我现在对你说这些，要是以前也有人能这么对我说就好了。我不知道该怎么表达，除了以私人化的方式……但是……

卡萝尔　你为什么跟我谈私事？

约　翰　哦，你看到了？这就是我说的意思。我们阐释他人的行为时，只能借助个人的思维屏障……（电话响了）借助……（对着电话）你好……？（对卡萝尔）借助我们自己竖起的这层屏障。（对着电话）你好。（对卡萝尔）不好意思，请等一下。（对着电话）你好？不，我不方便，嗯……我知道我说过。等一……我……他去了吗……是的。我跟他说过。我们一会儿跟你会合，在……不，因为有学生找我，大概还有十……这个也重要。我现在有学生在这儿，杰里就要……听着，我快点结束，就能尽早过去，好吧。我爱你。听着，听着，我说了"我爱你"，事情会解决的……因为我感觉能行，我一会儿就到。好吗？哦，好吧，再长的时间都得花。（他挂断电话。对卡萝尔）抱歉。

卡萝尔　怎么了？

约　翰　新房子最终协议有些问题，不过这也常见。

卡萝尔　你要买新房子。

约　翰　是的。

卡萝尔　因为你升职了。

约　翰　呃，可以这么说吧。

卡萝尔　你为什么跟我待在这儿？

约　翰　待在这儿？

卡萝尔　是的，你本来可以走的。

约　翰　因为我喜欢你。

卡萝尔　你喜欢我。

约　翰　是的。

卡萝尔　为什么？

约　翰　为什么？这个嘛，也许是因为我们像。（停顿）是的。
　　　　（停顿。）

卡萝尔　你说"每个人都有困难"。

约　翰　每个人都有困难。

卡萝尔　是吗？

约　翰　当然。

卡萝尔　你也有？

约　翰　是的。

卡萝尔　什么困难？

约　翰　呃，（停顿）呃，你说得一点儿没错。（停顿）如果我们
　　　　打破"老师"和"学生"这种人为设置的身份束缚，难
　　　　道我的困难会比你的困难更神秘？我当然有自己的困
　　　　难，你看到了。

卡萝尔　……什么方面的？

约　翰　我太太……我的工作……

卡萝尔　工作?

约　翰　是的，而且，而且，也许我的困难，你看到没? 和你的困难类似。

卡萝尔　能跟我说说吗?

约　翰　好吧。（停顿）我很晚才开始教书。我以前认为教育虚伪，反映了"我知道而你不知道"的观念；我觉得教育过程存在着一种压榨。我跟你说，我那时讨厌学校，讨厌老师，讨厌任何处于"头头"地位的人，因为我知道——注意，不是我觉得，是我的确知道我会失败。因为我以前总是成事不足败事有余。我就是一无是处。当我……后来……（停顿）当我脱离困境……当我从这种必败的感觉中走出来，当我……

卡萝尔　你怎么做到的?（停顿。）

约　翰　你得看清自己，关注自己的感受，反思自己的行动。最后，你得反思自己的行动，告诉自己：我做成什么样，那一定是因为我把自己想成了什么样。

卡萝尔　我听不懂。

约　翰　如果我总是失败，那一定是因为我认定自己是个失败者。如果我不想认定自己是失败者，也许我就得从偶尔的成功开始。听着，这些考核，要知道，你所遇到的这些考核，无论是中学、大学还是生活中的，其中大部分都是为白痴设计的。设计人也是白痴。你并不是必然的失败者。这些考核无法衡量你的价值。它们考的是你死记硬背、夸夸其谈甚至胡编乱造的能力。你当然通不过。它们毫无意义，我……

**卡萝尔**　……不……

**约　翰**　是的，这些考核都是垃圾，就是个笑话。看看我，看看我，"终身教职委员会"，"终身教职委员会"要对我进行评测。这个"糟糕的终身教职委员会"。看到了吗？这也是"考核"。他们考核我。为什么？找些人对我投票表决，可这些人连给我的汽车打蜡都不配，但我仍然站到了"伟大的终身教职委员会"面前，我有一种冲动，想吐，想、想、想把我的污秽都一股脑儿喷桌上，向他们表明："我糟透了，为什么还要选我？"

**卡萝尔**　他们授予你终身教职了。

**约　翰**　哦，还没有，他们只是宣布了，但还没有签字。你明白吗？"随时都……"

**卡萝尔**　……嗯……

**约　翰**　"他们有可能不会签……"我可能就不能……房子可能买不了……呃？呃？他们要找我"不可告人的秘密"。（停顿。）

**卡萝尔**　……是什么……？

**约　翰**　其实并没有。但是他们会找到我的劣迹指征……

**卡萝尔**　指征？

| 约　翰 | 就是……"指引""线索"。明白吗？你看到了？我理 |
|---|---|
| | 解你。我——知道——那种——感觉。我配拥有这份工 |
| | 作吗？我是否配得上我美好的家、我的妻子和家人？ |
| | 等等。这就是我所说的：那种教育理论，那种理 |
| | 论…… |

卡萝尔　我……我……（停顿。）

约　翰　什么？

卡萝尔　我……

约　翰　什么？

卡萝尔　我想知道我的成绩。（长久停顿。）

约　翰　这个当然。

卡萝尔　不好吗？

约　翰　不会。

卡萝尔　我这么问也不好吧？

约　翰　不会。

卡萝尔　我惹你生气了？

约　翰　没有，我道歉。想知道自己的成绩，这很自然。你当然
　　　　没法集中精力……（电话响了）稍等。

卡萝尔　我该走了。

约　翰　我们来做个约定。

卡萝尔　不用，你得……

约　翰　让它响好了。我们来做个约定。你来这儿，我们重新

上一遍课程。我想说，之前不是你没注意，而是我没在意。我们把课程重新上一遍。你的成绩是 A，你的期末成绩是 A。（电话不响了。）

**卡萝尔** 但是这门课还没上完……

**约　翰** （与"上完"同时说）你整个学期的成绩是 A。你要是过来见我，多来几次，你的成绩就是 A。不用管论文，你不喜欢，不愿意写，这都不重要。重要的是我激发你的兴趣——如果我可以的话——回答你的问题。我们从头再来。（停顿。）

**卡萝尔** 再来。怎么从头来？

**约　翰** 比方说，今天是开始。

**卡萝尔** 开始。

**约　翰** 是的。

**卡萝尔** 什么的开始？

**约　翰** 这门课的开始。

**卡萝尔** 但是我们不能从头开始。

**约　翰** 我说我们可以。（停顿）我说行就行。

**卡萝尔** 我不相信。

**约　翰** 嗯，我知道，但这是真的。这个课堂上就只有你和我。（停顿。）

**卡萝尔** 这不合规定。

**约　翰** 嗯，我们就打破规定。

卡萝尔　怎么做?

约　翰　不告诉其他人。

卡萝尔　不会有问题?

约　翰　我看不出有什么问题。

卡萝尔　为什么你愿意为我做这些?

约　翰　我喜欢你。你怎么就这么难……

卡萝尔　嗯……

约　翰　这里没其他人，就你和我。（停顿。）

卡萝尔　好吧。我这里不懂，就是当你提到……

约　翰　好的，嗯?

卡萝尔　当你提到"捉弄仪式"①时。

约　翰　捉弄仪式。

卡萝尔　你书里写的，关于比较……比较……（她查笔记。）

约　翰　你在找你做的笔记……?

卡萝尔　是的。

约　翰　直接说，用你自己的……

卡萝尔　我想确保自己不会说错。

约　翰　哦，当然，你想要准确。

卡萝尔　我不想有任何遗漏。

---

① 美国大学中的某些兄弟会，针对新进成员进行"耐力测试"，以此作为他们入会的仪式，这些测试往往对新生形成一定程度的压迫、惩罚和折磨。

约　翰　……那好。

卡萝尔　……所以我……

约　翰　这很好，但是我一直提倡，不止一次，对于我们想要记住的东西，我认为，往往用劲越少，记得越好。

卡萝尔　（看着笔记）在这儿：你写到了"捉弄仪式"。

约　翰　……没错，这儿，我写的"捉弄仪式"，意思是仪式化了的苦恼。我们把这本书扔给你，让你看完。现在，你说看完了，是吧？我觉得你撒谎，对你进行审问，然后我发现你撒谎了。你因此蒙羞，人生也毁了。这是个病态的游戏。我们为什么这么做？有教育意义？一点没有。那么，高等教育是什么？它一点用都没有。

卡萝尔　这是什么意思，"它一点用都没有"？

约　翰　高等教育变成了一个仪式、一种信仰，就是说，所有人都必须经受——或者，换种说法，所有人都有权接受高等教育，而我认为……

卡萝尔　你不同意这种观点？

约　翰　这样，我们讨论下，你怎么想？

卡萝尔　我不知道。

约　翰　有想法也不妨说说。（停顿。）

卡萝尔　我不知道。

约　翰　我课上讲过。还记得我举的例子吗？

卡萝尔　正义。

约　翰　是的，你能向我复述吗？（她低头看笔记本）不看笔记呢？这也是对我的帮助，这样我可以看看自己的观点是否有趣。

卡萝尔　你说到"审判"……

约　翰　然后呢？

卡萝尔　……所有人都有权……（停顿）我……我……我……

约　翰　是的，有权得到及时的审判，得到公正的审判。但他们其实完全不需要接受审判，除非他们受到控告。呃？正义是他们的权利，如果他们选择利用这个权利，就应该得到公正的审判。但这并不必然意味着，一个人得经历审判，人生才算完整。你明白吗？我认为，公平和功用之间存在混淆。所以，我们混淆了高等教育的实用性与平等接受高等教育的权利。实际上，我们对高等教育产生了一种偏见，完全独立于……

卡萝尔　我们应该上学，这种想法是一种偏见？

约　翰　一点没错。（停顿。）

卡萝尔　你怎么能这么说？怎么……

约　翰　好，好，好，就是这样！说出来！偏见是什么？一种不合理的信念。我们都受偏见影响，没人能避免。当我们的偏见受到挑战或者反对时，我们就感到愤怒，就感到……不是吗？就像你现在这样，不是吗？这就对了。

卡萝尔　……但是你怎么能……

约　翰　……我们仔细想想，好吧？

卡萝尔　怎么……

约　翰　好，好，当时……

卡萝尔　**我还没说完呢**……（停顿。）

约　翰　对不起。

卡萝尔　你怎么能……

约　翰　……请你原谅。

卡萝尔　没关系。

约　翰　请你原谅。

卡萝尔　没关系。

约　翰　对不起，我打断了你。

卡萝尔　没关系。

约　翰　你是说？

卡萝尔　我是说……我是说……你怎么能在课上、在大学课堂上，说大学教育是偏见？

约　翰　我说的是我们对大学教育的偏爱……

卡萝尔　偏爱……

约　翰　……你懂它的意思吧？

卡萝尔　就是指"喜欢"？

约　翰　是的。

卡萝尔　但是你怎么能这么说？说大学……

约　翰　……这是我的工作，你难道不知道？

卡萝尔　什么工作？

约　翰　刺激你。

卡萝尔　难以置信。

约　翰　噢，不过确实是的，

卡萝尔　刺激我？

约　翰　没错。

卡萝尔　惹我生气？

约　翰　没错。为了迫使你……

卡萝尔　……惹我生气是你的工作？

约　翰　为了迫使你去……听着，（停顿）啊，（停顿）我小时
　　　　候，有人跟我说——我可开始说了哦：富人性交没穷人
　　　　那么频繁，但他们做的时候，脱的衣服更多。多少年
　　　　来，多少年来，不瞒你说，我都把自己的体验和这则
　　　　"格言"进行比较，暗自思忖：啊，这次符合规范，
　　　　啊，这次有点儿不同。可这样做有意义吗？完全没有。
　　　　正是这种傻里傻气的话，学校里某个孩子一说，一下
　　　　就占据了我脑海这么多年。（停顿）有人跟你说高等教
　　　　育好得不容置疑，你就把这个说法当作金科玉律。你
　　　　非常看重，所以我一质疑，你就愤怒。好，好，我说，
　　　　但这种想法不正是我们应该质疑的吗？听着，不管是

对于广大新兴中产阶级，还是对于渴望步入其中的人来说，大学教育在战后都变得如此理所当然，成为一种相当流行的必需品，我们将其奉为权利，而放弃了追问"大学教育好在哪里？"（停顿）追求高等教育可能有什么原因呢？一是热爱学习。二是希望精通一门技能。三是改善经济水平。（停下，做笔记。）

卡萝尔　　我耽误你时间了。

约　翰　　哦，稍等，我得做个笔记……

卡萝尔　　是我说的什么吗？

约　翰　　不，我们要买房子。

卡萝尔　　你们要买新房子。

约　翰　　是拿到终身教职的打算，没错。舒适的房子，靠近私立学校……（他继续写笔记）……我们刚刚讲到经济改善（卡萝尔写她的笔记）……我想到了"学校税"①。（他继续写，自言自语）……有明文规定我只能把孩子送到公立学校吗……有法律说我就得牺牲个人利益去改善市立学校？这不明显是"白人的负担"吗？很好。而且（抬头看卡萝尔）……这是你感兴

_____

① 原文为 School Tax，指房产税，因美国房产税主要用于教育公共支出，改善当地学校状况，因此有的地方直接将房产税称作 School Tax，但有的地方也将两者分开。此处主要涉及改善公立学校教育，因此译为"学校税"。

趣的？

卡萝尔　不，我在记笔记……

约　翰　你用不着记笔记，知道吗？听听就好。

卡萝尔　我想确保自己能记住。（*停顿。*）

约　翰　我不是在教训你，只是想告诉你我的一些想法。

卡萝尔　你怎么想？

约　翰　每个孩子都该念大学？为什么……

卡萝尔　（*停顿*）为了学习。

约　翰　但如果他不学呢？

卡萝尔　如果念大学的孩子不学？

约　翰　那他为什么还要上大学？就因为有人告诉他这是他的
　　　　"权利"？

卡萝尔　有的也许是觉得念大学能增长知识。

约　翰　我倒希望如此。

卡萝尔　但他们会做何感想，如果有人说他们在浪费时间？

约　翰　我不是这个意思。

卡萝尔　你说的，教育是"长久的系统性的捉弄仪式"。

约　翰　是的，这确实有可能。

卡萝尔　……如果教育这么糟，你为什么还要从事教育？

约　翰　我从事教育是因为我热爱——（*停顿*）我们来……我建
　　　　议你看看1855年到1980年的人口统计数据，看看接受
　　　　大学教育和非大学教育的男性与女性的工资收入能

力，然后我们再看看能否从这些数据中挖掘出有价值的东西，呃？然后……

卡萝尔　不。

约　翰　什么？

卡萝尔　我理解不了。

约　翰　……你……？

卡萝尔　……这些"图表"、概念，还有……

约　翰　"图表"只是……

卡萝尔　我出去时……

约　翰　图表，你明白……

卡萝尔　不，我不能……

约　翰　你可以的。

卡萝尔　不，不——**我不懂，你还不明白吗?我完全不懂**……

约　哈　不懂什么?

卡萝尔　什么都不懂，全都不懂。我在课堂上微笑，一直保持微笑。但你在讲什么? 其他人在讲什么? 我都不懂。我不知道意义，我不知道我在这儿的意义……你说我聪明，然后又说我不应该在这儿，你想我怎样? 这是什么意思? 我该听谁的……我……（他走过去，把手放在她肩膀上）不!（她走开了。）

约　翰　嘘……

卡萝尔　不，我不明……

约　翰　嘘……

卡萝尔　我不明白你在说什么……

约　翰　嘘……没事了。

卡萝尔　……我不……

约　翰　嘘……嘘……先别想了。（停顿）嘘……别想了。（停顿）随它去吧（停顿）就随它去吧，没事的。（停顿）嘘……（停顿）我理解……（停顿）现在感觉怎样?

卡萝尔　不好。

约　翰　我理解，没事的。

卡萝尔　我……（停顿。）

约　翰　什么?

卡萝尔　我……

约　翰　什么? 告诉我。

卡萝尔　我听不懂你在说什么。

约　翰　我理解，没事。

卡萝尔　我……

约　翰　什么?（停顿）什么? 告诉我。

卡萝尔　我没法告诉你。

约　翰　不，你必须告诉我。

卡萝尔　我不能。

约　翰　不，告诉我。（停顿。）

卡萝尔　我太糟了。（停顿）哦，天哪。（停顿。）

约　翰　没事。

卡萝尔　我……

约　翰　没关系。

卡萝尔　我没法说。

约　翰　没事，可以跟我说。

卡萝尔　你为什么想知道?

约　翰　我不是想知道。我只是想知道任何你……

卡萝尔　我总是……

约　翰　……好的……

卡萝尔　我总是……一直以来……我从没跟人说过这些……

约　翰　嗯，说吧。(停顿)继续。

卡萝尔　我一生中……(电话响了，停顿，约翰走过去，接
　　　　电话。)

约　翰　(对着电话)我现在不方便接电话。(停顿)什么?(停
　　　　顿)嗯。(停顿)好吧，我……我。现在。不能。讲电
　　　　话。不，不，不，我知道我说过，但是……什么?嗨。
　　　　什么?她什么?她可不能，她说协议无效?怎么会?协
　　　　议怎么会无效?那是我们的房子，我有文件;我们下
　　　　周去，付款，带上文件，这个房子就是……等等，等
　　　　等，等等，等等，等等，等等，杰里有没有……
　　　　杰里在吗?(停顿)她在那儿……?她有律师……?怎
　　　　么就……怎么就这样，只不过是……你刚说的，"地役

权"的问题。我不明……这不是整个协议，只是地役权。她为什么这样？让、让、让杰里接电话。（停顿）杰、杰里，到底怎么回事……那是我的房子。那是……好吧，我，不，不，不，我现在去不……听、听着，让她见鬼去。你告诉她。你，听着：我要你带着格蕾丝，你带着格蕾丝，离开那儿。把她晾在那儿。她和她的律师，你告诉他们，我们法庭上见，下……不，不，就让她在那儿，让她自己烦去吧。你告诉她，我们会买到那栋房子，而且我们会……不，我现在不过去。我决不和她坐在同一屋……下次，你告诉她下次我见她是在法庭上……我……（停顿）什么？（停顿）什么？我没听懂。（停顿）好吧，那这房子呢？（停顿）没有任何问题，这房……（停顿）不，不，不，没什么。好……好吧……（停顿）当然。谢……谢谢。不，我会的。马上。（他挂了电话。停顿。）

卡萝尔　怎么了？（停顿。）

约　翰　是惊喜派对。

卡萝尔　是吧。

约　翰　是的。

卡萝尔　为你举办的？

约　翰　是的。

卡萝尔　你生日？

约　翰　不是。

卡萝尔　那是什么?

约　翰　庆祝终身教职公告。

卡萝尔　庆祝终身教职公告。

约　翰　他们在我们的新房子里举办派对。

卡萝尔　你们的新房子。

约　翰　我们正准备买下的房子。

卡萝尔　你得走了。

约　翰　好像是的。

卡萝尔　（停顿）他们为你自豪。

约　翰　呃，也有人会觉得这是一种冒犯。

卡萝尔　什么是冒犯?

约　翰　惊喜。

# 第二幕

约翰和卡萝尔面对面坐在桌子两侧。

约 翰　你看，（停顿）我喜欢教学。而且自认为教得不错。我喜欢其中的……其中的表演成分，我想我必须承认这一点。

当初我发现自己喜欢教学时，我发誓不要变成我小时候遇到的那种冷漠又古板的机器人式老师。

但我也不是没有意识到，我也可能走向另一个极端。

所以，我问过而且一直在问，我是否过于离经叛道——但我不会在前面加上"毫无根据地"一词，因为我并不假定正统就是既定的善——从而"给、给我的学生造成了伤害"。（停顿。）

正如我说过的，当获得终身教职的机会出现时——当然，我也为之奋斗了许久——我当然高兴，并且求之心切。

我问自己，垂涎终身教职是否有错。我想了很久，并且看到了——我希望自己没有看错——自己身上普普通通的几点。（停顿。）

我追求终身教职，我渴望终身教职，我谋求安稳，显得不够纯粹，但这可能也无可厚非。我还有学校之外的责任，比如，我对家庭的责任，这是或者说应该是同等重要的——即使目前还不是的话。终身教职及其带来的稳定，哦，还有舒适，本身并没什么可鄙视的；甚至相反，是值得追求的荣誉。我得到了终身教职，就在这里，就在这个我喜欢并且感到舒适的地方。终身教职保证了——就物质方面而言——我能够延续这种愉悦和舒适。与之相应，我要做的是什么？教学，而我恰恰热爱教学。

安稳的代价是什么？就是获得终身教职。目前教职委员会正在走流程，要授予我终身教职。基于此，我签了买房合同。现在，你还没组建自己的家庭，可能不知道这意味着什么，但对我而言，这很重要。一个家，一个美好的家，为我家人遮风挡雨。现在教职委员会要开会，流程是这样的，挺好的流程——有赖于此，学校长期以来才运作正常；委员们将开会，听取你的投诉——你有权投诉；但他们将驳回你的投诉，不予理会；而在此期间，我将失去我的房子，我无法完成房子交易。我会失去定金，我为妻儿选中的房子也转眼成空。现在，我知道我惹恼了你，我理解你对老师的愤怒。我曾经也对我的老师很生气，他们让我感到受伤和羞辱，这也是我投身教育的原因之一。

卡萝尔　你想要我怎么做?

约　翰　(停顿)我感到受伤,接到教职委员会给我的报告时,
　　　　我震惊、难过。不,我在这里并不想煽情。好吧,结果
　　　　我没想明白。后来我想到:我们认为自己无懈可击
　　　　时,不正是我们最为脆弱和⋯⋯(停顿)是的,好吧,
　　　　你觉得我很学究,没错,我是。天性如此,生来就是,
　　　　职业使然,大概是吧。我一直在找典范⋯⋯

卡萝尔　我不懂什么是"典范"。

约　翰　就是榜样。

卡萝尔　那你为什么不直接用这个词呢?(停顿。)

约　翰　如果这对你很重要,好吧,我在找榜样,接着刚才的
　　　　说:我觉得自己有一点⋯⋯

卡萝尔　我⋯⋯

约　翰　有个片刻⋯⋯是无懈可击的,那就是我毫不动摇地关
　　　　心学生的尊严。我请你来这里⋯⋯是为了⋯⋯以调查
　　　　的心态,问你⋯⋯问问你⋯⋯(停顿)我对你做了什
　　　　么?(停顿)呃,呃,我想我该如何弥补。我们不能现
　　　　在解决这个问题吗? 这没有意义,真的。我想问清楚。

卡萝尔　为了逼我撤诉,你要做什么?

约　翰　我完全不是这个意思。

卡萝尔　贿赂我,劝服我⋯⋯

约　翰　⋯⋯不。

**卡萝尔** 为了让我撤诉……

**约　翰** 这完全不是我的意思，你知道我不是这个意思。

**卡萝尔** 我不知道，我希望我……

**约　翰** 我不想……你希望什么？

**卡萝尔** 不，你说过你能怎样弥补。让我撤诉。

**约　翰** 我没这么说。

**卡萝尔** 我有笔记。

**约　翰** 听我说，听我说，斯多葛学派说……

**卡萝尔** 斯多葛学派？

**约　翰** 斯多葛学派的哲学家说，如果你不说"我受到了伤害"，你就消除了伤害。①现在，想一想，我知道你很生气。告诉我，真正地、确确实实地告诉我：我对你做错了什么？

**卡萝尔** 你对我的所作所为——就对我个人而言，知道吗？不是对作为学生的我或对学生群体而言，都写在我的报告里，交给教职委员会了。

**约　翰** 好吧，（停顿）我看看。（他从桌上拿起报告，读起来）我发现我成了性别歧视者、精英主义者。我不确定这些都是什么意思，只知道都是贬义词，表示"不好

---

① 斯多葛哲学认为，个人的态度和反应，能够影响自己对外部世界的感受。约翰此处意在让卡萝尔清楚地说出来，自己到底怎么伤害了她。

的"。我……我坚持把时间浪费在不符合规定的内容上，既自我吹嘘又夸张做作，偏离了既定教学内容……这些内容既带有性别歧视，又涉及色情……这里列举……（停顿）这里列举了……如下……"与学生闭门密谈……""东拉西扯，大谈具有明显性爱色彩的故事，穷人和富人的通奸频率及态度似乎是其故事核心……进而搂抱该学生并且……展现出一种程式化的……"（停顿。他继续读）我用了"白人的负担"这个词……我告诉你我多么乐意叫你来我办公室，因为我很喜欢你。（停顿。他继续读）"他说他'喜欢'我。他'喜欢和我在一起'。如果我能经常来办公室找他，他就让我重考。"（停顿。对卡萝尔）可笑至极。难道你不知道吗？用不着这样。你会让自己难堪，也会让我丢了房子，而且……

卡萝尔　这"可笑至极"？（约翰拿起报告，又开始读起来。）

约　翰　"他跟我说他与妻子不和，他想打破师生之间人为设置的身份束缚。他用胳膊搂着我……"

卡萝尔　你否认吗？你能否认吗……？你明白吗？（停顿）难道你不明白吗？你还是不明白，对吧？

约　翰　我不明白……

卡萝尔　你觉得，你觉得自己能否认发生过这些事，或者说，即使发生过，就算发生过，这些事的意义也只能由你说了算。难道你不明白吗？你拖着我，你拖着我们，听你"数落"，"数落"这个、那个，说什么我们没有很好地"表达"自己、我们所说的不是我们所想的。我们说不出来吗？难道说不出来吗？我们所说的确实就是我们所想的。而你却说"我不明白……"那你就……（指着这份报告。）

约　翰　"参考报告"？

卡萝尔　……没错。

约　翰　你看，你看，难道你不能……你懂我的意思吗？你就不能用自己的话跟我谈？

卡萝尔　这就是我自己的话。（停顿。）

约　翰　（他读起来）"他说如果我愿意跟他单独待在办公室，他就把我的成绩改成 A。"（对卡萝尔）我对你做了什么？噢，天哪，你就这么受伤？

卡萝尔　这与我的"感受"无关。

约　翰　你知道吗，我试图帮你？

卡萝尔　我把知道的都写报告里了。

约　翰　我现在想帮你。我愿意帮你，趁这事还没有升级。

卡萝尔　（与"升级"同时说出）你看，我不认为我需要你的帮助。你拥有的任何东西，我都不需要。

约　翰　我感觉……

卡萝尔　我不在乎你的感觉。明白吗？**你明白吗**？你再也不能那

样做了。你——没——有——权——力。你滥用权力

没？总有人会。你是其中之一？是的，没错，你是的。

你做了这些事，还说，还说，"噢，让我来帮助你解决

问题……"

约　翰　是的，我明白，我明白。你受到伤害，你生气。是的，

我想，你是气昏了头，这样下去对谁都没好处。

卡萝尔　我不在乎你怎么想。

约　翰　你不在乎？（停顿）但是你谈到了权利，难道你不明

白？我也有我的权利。你明白吗？我有房子要……这

是真实世界的一部分；还有教职委员会，都是刚正不

阿的人①……

卡萝尔　……教授……

约　翰　……请让我说完。他们同属这个世界，你明白吗？这

就是我的生活。我不是假想出来的怪物，我并不"代

表"什么，我……

卡萝尔　……教授……

约　翰　……我……

卡萝尔　教授，我来这儿是应你个人请求，帮你忙的。也许我

不该来，但我还是来了，代表我个人，也代表我所属

_____

① 　原文为 Good Men and True，Men 既可以泛指人，也可以指男性。后
文卡萝尔明显将此处约翰话里的 Men 理解为特指"男性"，批判约翰
将男性作为人的代表，排除了女性。

奥利安娜　　　　　　　　　　　　　　　　　　　　　　　　255

的集体。而你提到的教职委员会，其中一位成员是女性，你是知道的。也许你会把"教职委员会"描述为"善良风趣""一个历史称谓"，或者"一种监督"，或者你把上面的说法全都用上，用来表示它由"刚正不阿的绅士"组成——尽管你的描述丰富，但你这种提法有损女性尊严，具有性别主义色彩。容忍这种提法，会继续助长这种思维。这种提法……

约　翰　咳，得了吧。得了吧……足以剥夺一个家庭的……

卡萝尔　足够吗？足够吗？足够吗？没错，这是事实……你讲的那个故事，我报告里引用的，它带有阶层偏见，让人恶心，具有操纵性，色情低俗。它……

约　翰　……它色情低俗……？

卡萝尔　你哪儿来的权利？是的，跟一个女性说话，在你私人的……是的，是的，抱歉，抱歉。你觉得自己有权——这可是你自己说的——趾高气扬，故作姿态，"卖弄表演"，有权"把我叫来这里"……对吗？你说高等教育是个笑话，就真把它当作笑话，你把它当笑话看。你还承认喜欢充当全班的"家长"，同意这、否定那，对学生搂搂抱抱。

约　翰　你怎么能断言，怎么能站那儿就……

卡萝尔　你凭什么否认？你就是这么对我的，就在这里。你做了……你承认了。你热爱权力，可以偏离正轨，可以无中生有，可以违背常规……去僭越我们眼里业已建立的所有规范和准则。你还认为，"质问"一下自己对这种嘲讽和破坏的喜好，也显得很有风度。不过，你确实应该质疑。教授先生。你选择做那些你觉得有助于自身发展的事情：发论文，拿终身教职，以及与之相应的前期准备，也就是你所说的"无伤大雅的仪式"。尽管你说虚伪，你还是有步骤地执行了这些"仪式"。但是对于你学生的抱负，那些努力的学生，那些来到这里的学生，那些拼命学才能来这里的学生——你完全想不到我为了来这所学校付出了什么——对于这些学生的抱负，你却冷嘲热讽。你说教育是"捉弄仪式"。你固守着受到严密保护的精英位置，却笑话我们迷茫困惑，连我们相应的希望和努力也随之受到嘲笑。现在你却坐在那儿说"我做错了什么？"还要求我理解，你也有期望和抱负。但我告诉你，我告诉你，你真令人作呕，你压榨学生。你哪怕有丝毫你在书里描述的内在诚实，你也能审视自己，意识到我看到的这些。你也会跟我一样感到恶心。日安①。（她准备离开。）

---

① 原文 Good day 常用于离别时礼貌地告别，希望对方有美好的一天。

约　翰　等一下，好吗？就一会儿。（停顿）今天天气不错。

卡萝尔　什么？

约　翰　你说了"日安"，我就认为今天天气不错。

卡萝尔　是吗？

约　翰　是的，我认为是的。

卡萝尔　这有什么重要的？

约　翰　这是人类交流的本质。我按常规说，你回应我，我们
　　　　交流的不是"天气"，而是我们俩愿意交流的意愿。实
　　　　际上，我们都承认我们是人。（停顿）我不是……"压
　　　　榨者"，你也不是……"疯狂的"，那什么，"革命
　　　　者"……我们都承认我们可能，可能有……立场，承
　　　　认我们可能有……愿望，相互冲突的愿望，但仍然承
　　　　认我们都是人。（停顿）这意味着我们有时候不完美。
　　　　（停顿）我们经常有矛盾……（停顿）我们做的很多
　　　　事，这点你说得没错，我们以"原则"的名义做的很多
　　　　事，都是为个人打算……我们做很多事都是按常规来
　　　　的。（停顿）你说得没错。（停顿）你说你来上课，是想
　　　　了解教育。我不知道我是否能教给你有关教育的知
　　　　识，但我知道我能告诉你我对教育的看法，然后你做
　　　　出自己的判断。你用不着跟我做斗争，我不是你斗争
　　　　的对象。（停顿）即使我错了……可能"矫正我"也不
　　　　是你的职责。我不想"矫正"你，我愿意跟你讲我的所

思所想，因为这是我职责所在，尽管这很传统，而且我可能也有缺陷。如果你能有更好的方式，那我们不妨照此重新开始，就像这样："天气不错，对吧……？"但我们必须首先接受我们都是人，才能继续。（停顿）而且我们仍然可能面临重重困难。我们会遇到困难……但也没关系。（停顿）现在……

卡萝尔　……等等……

约　翰　好，你说吧，我听着。

卡萝尔　……这个……

约　翰　嗯，直说无妨。

卡萝尔　……我的立场……

约　翰　我想听，用你自己的话，你想要什么，你的感受怎样。

卡萝尔　……我……

约　翰　……嗯……

卡萝尔　我所属的集体。

约　翰　你的"集体"……？（停顿。）

卡萝尔　跟我谈话的群体……

约　翰　这没什么。每个人都会向人请教，都要接触各种观点。这没错，很重要。挺好，挺好。现在，你和我……（电话响了）你和我……（他犹豫片刻，接通电话，对着电话）嗨，（停顿）嗯……不，我知道他们。（停顿）我知道她。告诉她我……我晚点打给你吧？……告诉她我觉得不会有事。（停顿）让她再、再坚持下，我会……我等会儿回你电话，好吗？……这个嘛……不，不，不，我们会拿到房子的……我们……不，不，不……不，她会的，这不是退不退定……不……这不是退不退定金的问题……你联系杰里，好吗？宝贝儿，宝贝儿，打给杰里？告诉他，不……告诉他，那个，定金他们留着，因为这笔交易，因……因为这笔交易能谈成。……因为我知道……因……你找他，好吗？相信我。因……嗯，我正在处理这个投诉。是的，就是现在，所以我……是的，不，不，真的，我现在没法告诉你。联系杰里，我现在讲话不方便。好……好，再……再见。（挂断电话，停顿）不好意思，我们谈话给打断了。

**卡萝尔**　没……

**约　翰**　我……我刚刚是说……

**卡萝尔**　你说我们应该一起谈谈我的投诉。

**约　翰**　没错。

**卡萝尔**　可我们本来就在谈。

**约　翰**　是的，这也没错，你看，这就是教育的要义。

**卡萝尔**　不，不，我的意思是，我们到教职委员会的听证会上再谈。（停顿。）

**约　翰**　好，但我的意思是，我们现在就可以谈，尽量简单地……

卡萝尔　不行，我觉得我们应该按部就班……

约　翰　……等等……

卡萝尔　……按"常规"流程来，像你说的那样。（她起身）你
　　　　说得对。对不起，如果我，呃，如果我显得对你"粗鲁
　　　　无礼"，我确实是。

约　翰　等、等一……

卡萝尔　我真的该走了。

约　翰　这个，听着，的确，现在这种情况于我利益攸关，好
　　　　吧？大家都一样。我是说教职委员会……

卡萝尔　教授，你说得对，但是别妨碍我。我们保留各自的不
　　　　同，再……

约　翰　你会造成……听着，听着，听着，你会……

卡萝尔　我真不该来，他们告诉我……

约　翰　等一下。不，不，我们有规范可依，没理由走到那步。
　　　　听着，我想拯救你……

卡萝尔　没人让你……你想拯救我？那就请你讲点礼数……

约　翰　我是在跟你讲礼数。坦率地说，我们现在就可以和
　　　　解。我要你坐下来再……

卡萝尔　请原谅，我必须……（她准备走出去。）

约　翰　坐吧，似乎我们有……等一下，等一下……请你再耐
　　　　心地……（他阻止她离开。）

卡萝尔　放我走。

约　翰　我完全无意留你，只想和你谈谈……

卡萝尔　放开，放开，有人吗?谁来救救我……?

# 第三幕

*幕起，卡萝尔和约翰坐着。*

约　翰　我叫你来的。（停顿）我叫你来这儿，是违、违……

卡萝尔　我万万没想到你会叫我来。

约　翰　是违心的，违……

卡萝尔　我完全没想到……

约　翰　……违背……是的，这是当然。

卡萝尔　……如果你想我走开，我就走，我这就走……（她站起来。）

约　翰　我们以正确的方式开始，好吗？我感觉……

卡萝尔　我之前就是这么希望的，所以来这儿，但是现在……

约　翰　……我感觉……

卡萝尔　但是现在你也许更愿意让我走开……

约　翰　我没想让你走开，是我叫你来的……

卡萝尔　我用不着来这儿。

约　翰　你是用不着。（停顿）还是谢谢你能来。

卡萝尔　没事。（停顿，她坐下。）

约　翰　尽管我觉得这对你也有好处，你会有所获益……

卡萝尔　……我什么……

约　翰　你听我把话说完，请你听我把话说完。

卡萝尔　我来这儿是——法庭的工作人员叫我不要来。

约　翰　……"法庭"的工作人员？

卡萝尔　你居然还问。

约　翰　……等等……

卡萝尔　是的，但我来这里不是为了听你说我"有好处"。

约　翰　"法庭"的工作人员……

卡萝尔　……不，不，也许我该走了……（她站起来。）

约　翰　等等。

卡萝尔　不，我本不该……

约　翰　……等等，等等，等一下。

卡萝尔　嗯？你想怎么样？（停顿）你要干什么？

约　翰　我希望你先别走。

卡萝尔　你想我留下来？

约　翰　是的。

卡萝尔　你是这么想的？

约　翰　是的。（停顿）是的。希望你能听我把话说完，如果你
　　　　愿意的话。（停顿）好吗？如果你能听完，我将不胜感
　　　　激。（停顿。她坐下）谢谢。（停顿。）

卡萝尔　你想说什么？

约　翰　好吧，我总……（停顿）我总觉得应该向你道歉。（停
　　　　顿。谈论手里的论文）我读了。（停顿）又读了这些

指责。

卡萝尔　什么"指责"？

约　翰　那个，提交给教职委……还能有什么指责……？

卡萝尔　教职委员会……？

约　翰　是的。

卡萝尔　不好意思，这些可不是指责。它们已经被证实了，是事实。

约　翰　……我……

卡萝尔　不，它们可不是"指责"。

约　翰　就这些？

卡萝尔　……委员会，（电话响起）委员会已经……

约　翰　……好吧……

卡萝尔　这些可不是指责，教职委员会……

约　翰　**行，行，行。**（他接电话）嗯，是的。不，我在这边。告诉他……不，我现在没办法跟他通话……他确实会，但我没事……我知道……不，我没时间，跟……跟他说……跟他……跟杰里先生说我没事，我马上给他打电……（停顿）我太太……是的。她确实会，是的，谢谢，是的，我也会跟她说。我现在说话不太方便。（他挂断电话。停顿）好吧，你能来，真是太好了。谢谢你。我细读过了，我花了点时间，仔细研读了这份指控。

卡萝尔　你得对我解释下这个词。

约　翰　"指控"……

卡萝尔　是的。

约　翰　就是……"陈述详情"……

卡萝尔　好吧，是的。

约　翰　其中宣称……

卡萝尔　不，这点我不能同意，我不同意，没有什么是宣称的，一切都已经证实了……

约　翰　请你等一……

卡萝尔　我不能同意……

约　翰　如果可以……如果可以的话，从你觉得的"定论"来看……

卡萝尔　问题的关键，不是我"觉得"，这不是我个人的"感觉"，而是女性的感觉。还有男性的感觉。你上级，也参与调查了，明白吗？证据提交上去，他们是管事的，对吧？他们谨慎地考虑过了这些证词和证据，做出了判断，你明白吗？是你失职，是你有过失，是你不够好，你有错；正是基于这些原因，不给你终身教职。你受到惩处是因为事实，事实如此，而不是因为"宣称的"事情，怎么说的来着？是"业已证实"。你明白吗？由你自己的行为所证实。教职委员会就是这么说的，我的律师也是这么说的。是因为你在课堂上的所作所为，还有你在这间办公室里的所作所为。

约　翰　他们会解雇我。

卡萝尔　他们当然应该这么做。你不明白吗？你愤怒吗？是什么让你落到这步田地？不是你的性别，不是你的种族，也不是你的阶级。**是你自己的行为**。你愤怒，所以现在来问我。你想要什么？你想用个人魅力"迷倒"我，你想"劝服"我，你想让我撤诉、认错。我不会撤诉的。我为什么该……？我说得没错。你跟我说，你会跟我说你有妻子和孩子。你会说你有事业，为之奋斗了二十年。可你知道你实际上是为了什么奋斗吗？权力，为了权力。你明白吗？你坐在那儿，跟我讲故事，讲你的房子，讲私立学校，讲特权，讲你如何有资格，能买，能花钱，能嘲讽，能对学生呼来唤去，讲你所有那些故事。你那种愚蠢又牵强的自责，其实全是炫耀特权；你却全然不知。你不明白吗？你奋斗了二十年，就为了得到羞辱我的权利，而你还觉得自己为此有权获得报酬，你的家庭、你的妻子……还有你那一大笔房子"定金"……

约　翰　你难道没有感情吗？

卡萝尔　这就是我的观点，明白吗？你难道没有感情吗？你最终的论点就是这个？没有感情的是什么？是动物。我不认同你，你就怀疑我的人性。

约　翰　你难道没有感情吗？

卡萝尔 我有责任。我……

约 翰 ……对谁……？

卡萝尔 对谁？对学校，对学生，对我所属的集体。

约 翰 ……你的"集体"……

卡萝尔 是的，因为我不是为自己一个人发声，是为我们全
体，为那些经受同样痛苦的人，我代表他们，即使我
想那什么，原谅？忘记？或者，宽恕你的……

约 翰 ……我的行为？

卡萝尔 ……那也不行。

约 翰 即使你想"原谅"我。

卡萝尔 也不行。

约 翰 那会催生什么？

卡萝尔 催生？

约 翰 是的。

卡萝尔 "发生"？

约 翰 是的。

卡萝尔 那就直接说"发生"吧，看在老天的分儿上。你到底以
为自己是谁？你想获得要职，你想要无限的权力，要
我行我素。你随心所欲——测试、提问、调情……

约 翰 我从未……

卡萝尔 不好意思，稍等，好吗？（她读自己的笔记）12号："祝
你有愉快的一天，亲爱的。"15号："噢，你看上去真

动人……"4月17号："如果你们女生能过来……"我看清了你，我看清了你，教授，整整两个学期，坐在那儿，站在那儿，利用你所谓的"家长式特权"，这不是强奸还能是什么？我对天发誓。你叫我来，像家长对孩子那样，给我解释我听不懂的东西，现在也让我来给你说清楚。你——不——是——上帝。你问我为什么来？我来是为了教导你。（她掏出他的书）你的书，对吧？你以为你要给我"光"？你"特立独行"，在传统之外。不，不，（她读书的内页说明）"探究的优良传统，文雅的怀疑思想"……关于这些方面的话语自由而理智，你说你信奉它们。**你其实什么都不信，你完全什么都不信。**

约　翰　我相信思想自由。

卡萝尔　好得很。你真信？

约　翰　是的，我信。

卡萝尔　那你为什么质疑委员会拒绝给你终身教职的决定？你被停职，为什么不满？你相信你所谓的思想自由，那很好。你相信思想自由，还相信你住的房子，还有，还有你孩子的特权，还有终身教职。我告诉你，你相信的不是"思想自由"，而是精英主义的、受保护的等级制，而你可以从中受益。但你也是其中的小丑。你嘲讽和利用的体制却为你付了房租。你错了，我没错。

你错了。你觉得我充满仇恨，我知道你怎么看我。

约　翰　你知道？

卡萝尔　你觉得我——我当然知道你怎么看我——你觉得我害怕、压抑、迷茫，还有什么？是个弃儿，性取向可疑，想要权力和复仇。（停顿）对吧？（停顿。）

约　翰　是的，我是这么想的。（停顿。）

卡萝尔　这样不是好多了吗？我感觉这是你第一次尊重我。因为你对我说了实话。（停顿）我来这里，不是像你想的那样，幸灾乐祸来的。我为什么要幸灾乐祸？从你的、你的、你所谓的、你的"不幸"里，我得不到好处。我来这里，我有幸受你所请来这里，来这里是有事告诉你。（停顿）就是我认为……我认为你错了，我认为你错得离谱。你恨我吗，现在？（停顿。）

约　翰　是的。

卡萝尔　你为什么恨我？因为你认为我错了？不，因为你觉得，我有影响你的权力。听我说，听我说，教授。（停顿）就是你憎恨的那种权力，你深深地憎恨，所以我们之间不可能形成任何自由讨论的氛围。不是说"不太可能"，而是完全不可能，对吧？

约　翰　是的。

卡萝尔　不是吗……？

约　翰　是的，我想是的。

卡萝尔　现在，你发觉遴选很残酷，可这正是我和我的群体在生活的每一天都会经历的过程。入学申请、各种考试、班级排名……这不公平吧？我没法跟你说。但是，如果这是公平的，或者，甚至说这对于我们"虽不幸但必要"，那么，老天做证，如今对你也必须一样。（停顿）你写到你"对年轻人的责任"。尊重我们，这就会显示出你的责任。你写到教育只是"捉弄仪式"。（停顿）但是我们为了进入这所学校而努力。（停顿）我们当中，（停顿）有的人要克服各种偏见，经济的、性别的，你根本无法想象，他们所遭受的羞辱，我但愿你和你爱的人永远不会遇上。（停顿）这样才拿到这里的入场券，才可以追求你所追求的安定梦想。我们，我们的这个梦想却岌岌可危，随时都有可能被剥夺，被……

约　翰　……被……？

卡萝尔　被学校管理层、被老师、被你剥夺，被——比方说——一次低分剥夺，因为低分使我们无法进入研究生院；被一个我们自己突发奇想的回答所剥夺，就因为你觉得这个答案无趣。现在你知道了，你明白了吗？被那种权力支配是什么滋味？

约　翰　我不明白。（停顿。）

卡萝尔　我的控告非同小可，从受理之迅速，我想你能看出来。你讲的那个笑话，有性别歧视色彩。你的语言，口头暗示或者肢体触摸，是的，是的，我知道，你说那没什么意义。我知道。但我不这么认为，手都放到肩上了……

约　翰　这完全没有性暗示的意味。

卡萝尔　我说有。**我说有**。你难道还没看出来……? 你难道还不明白? **你说了不算**。

约　翰　我同意你的观点，你说的这些很有道理。

卡萝尔　……你真这么想……?

约　翰　……不过，这并不是说我的不足就没法改变……不过，这……

卡萝尔　告你性侵犯，你觉得无辜……? (停顿。)

约　翰　这，我……我……我……你知道，我，就像我说的，我……认为我还没老到学不了的地步，我可以学，我……

卡萝尔　你认为自己无辜受害，有人告你……?

约　翰　……等等，等等，等等……好吧，让我们回到……

卡萝尔　**你傻啊**。你当我是谁? 你微微一笑，我就给蒙蔽了? 你这个啰里啰唆的傻瓜。你以为我想"报复"。我不想报复。**我想要理解**。

约　翰　……是吗?

卡萝尔　是的。(停顿。)

约　翰　这没什么用。都结束了。

卡萝尔　是吗? 什么结束了?

约　翰　我的工作。

卡萝尔　噢，你的工作。你想谈的是你的工作。（停顿。她起身离开。她走了，又折返回来）好吧。（停顿）假如我们有可能撤回投诉，那会怎样?（停顿。）

约　翰　什么?

卡萝尔　有可能。（停顿。）

约　翰　为什么?

卡萝尔　这个，就当是表达善意吧。

约　翰　表达善意。

卡萝尔　是的（停顿。）

约　翰　以什么交易?

卡萝尔　嗯，我不认为是"交易"。不能说是"交易"，因为我们从中能有什么获益?（停顿。）

约　翰　"获益"。

卡萝尔　是的。

约　翰　（停顿）没有。（停顿。）

卡萝尔　没错。我们没有从中获益。（停顿）你懂吗?

约　翰　嗯。

卡萝尔　"嗯"。"我懂"。这说起来一点不费事，教授，但你要做。

约　翰　而你可能要去跟委员会谈……？

卡萝尔　去跟教职委员会谈？

约　翰　是的。

卡萝尔　那当然。你想的就是这个。我们可以去谈。

约　翰　"条件"是什么？

卡萝尔　"前提"，我觉得，也许这个词显得更友好。①

**约　翰　那前提是什么**？

卡萝尔　相信我，我理解你的愤怒，我不是没感觉到你的愤
　　　　怒，但我觉得没有必要，所以我并不会因此生气……
　　　　好吧，这儿有份清单。

约　翰　……清单。

卡萝尔　是份书单，我们……

约　翰　……一份书单……？

卡萝尔　没错，我们觉得有问题。

约　翰　什么？

卡萝尔　值得这么大惊小怪吗……？

约　翰　我简直不敢相信……

---

① 前文卡萝尔不愿意用"交易"来描述她对约翰所提的要求。因此在约
　翰询问她撤诉的"条件"（"if" what）时，卡萝尔纠正他，认为用
　"前提"（"given" what）更恰当。此处译文用"前提"是为了体现卡
　萝尔试图弱化"交易"的说法，同时"前提"也表示必要条件、既定
　基础，而"条件"则带有较强的交易意味。

卡萝尔　你信不信都无所谓。

约　翰　学术自由……

卡萝尔　有人选了这些书。如果你能选，别人也可以。你以为你是"上帝"吗？

约　翰　……不，不，"危险的"……

卡萝尔　你有轻重缓急，我们也分轻重缓急。我感兴趣的不是你的感受或动机，而是你的行动。如果你希望我去跟教职委员会谈，书单在这儿。你是自由的，自己决定吧。（停顿。）

约　翰　书单给我。（她递过去，他看起来。）

卡萝尔　我想你会发现……

约　翰　我自己能读，谢谢。

卡萝尔　我们有些书需要读……

约　翰　我在看。

卡萝尔　我们可以这么处理……

约　翰　啊，那让我看看……（他继续看。）

卡萝尔　我认为……

约　翰　喂，我正在看你们的要求。好吧？！（他往下看。停顿）你们想禁我的书？

卡萝尔　我们不是……

约　翰　（指着书单）这上面说了……

卡萝尔　……我们想把它从代表学校的系列作品中剔除。

奥利安娜

约　翰　滚出去。

卡萝尔　如果撇开个人恩怨不谈。

约　翰　他妈的，给我滚出去。

卡萝尔　不，我想我会重新考虑。

约　翰　……你觉你可以。

卡萝尔　我们可以并且我们会的。你想要我们的支持吗？唯一的问题……

约　翰　……支持禁我自己的书……？

卡萝尔　……没错……

约　翰　……这……这是大学……我们……

卡萝尔　……我们还有一份声明……需要你……（她递给他一张纸。）

约　翰　不，不，这绝不可能。抱歉，我不知道我在想些什么。我想告诉你。我是老师。我是老师。呃？门上写着的是我的名字。是我教课。这是我做的事。我写的书，印有我的名字。我儿子有天会看到这本书。而且我有责……不，不好意思，我有责任……对我自己，对我儿子，还有我的职业……我两天没回家了，你知道吗？在认真地想这些事。

卡萝尔　……你没回家？

约　翰　没回，是的。如果你想了解的话，我住在旅馆里，在考虑，（电话响起）考虑……

卡萝尔　……你没回过家?

约　翰　……考虑,考虑,你明白吧?

卡萝尔　哦。

约　翰　呃,呃,我欠你人情,我现在明白了。(停顿)你很危险,你是错的,而我的工作……就是对你说不。这就是我的工作。你说得太对了。想禁我的书?见鬼去吧,他们有什么招儿都可以冲我使出来。

卡萝尔　……你已经两天没回家了……

约　翰　我想我刚说过的。

卡萝尔　……你最好接电话。(停顿)我想你应该接电话。(停顿。约翰接电话。)

约　翰　(对着电话)喂。(停顿)是的。什……我、我、我回不去,没关……他们担……他们担心……不,我现在没事,杰里。我没……我有点晕,现在坐着的……我会弄清楚的。我没事。我没事,别担心。我遇到点事,但不能说完全是坏事。会让我丢工作?好吧,那就是这份工作不值得。告诉格蕾丝我要回去了,一切都会好……(停顿)什么?(停顿)什么?(停顿)你什么意思?**什么**?杰里……杰里。他们……谁,谁,他们能做什么……?(停顿)不。(停顿)不,他们不能那么做……你什么意思?(停顿)可怎么会……(停顿)她、她、她在我这儿。(停顿。他挂了电话,对卡萝尔）这怎么回事?

**卡萝尔** 我以为你知道。

**约　翰** 知道什么?（停顿）怎么回事?（停顿。）

**卡萝尔** 你试图强奸我。（停顿）从法律上来说。（停顿。）

**约　翰** ……什么……?

**卡萝尔** 你试图强奸我。我要离开办公室的时候,你朝我"压上来"。你用身体"压住"我。

**约　翰** ……我……

**卡萝尔** 我的团队已经告诉你的律师,我们会提起刑事指控。

**约　翰** ……不……

**卡萝尔** 按明文条例,据说是侵犯人身罪。

**约　翰** ……不……

**卡萝尔** 是的,还有强奸未遂,没错。（停顿。）

**约　翰** 我觉得你该走了。

**卡萝尔** 当然。我以为你知道。

**约　翰** 我得和我的律师谈谈。

**卡萝尔** 是的,也许你应该这么做。（电话再次响起。停顿。）

**约　翰** （接电话,对着电话）嗨? 我……嗨……? 我……是的,他刚打过电话。不……我现在不方便跟你说,宝贝。（对卡萝尔）你出去。

**卡萝尔** ……你太太……?

**约　翰** ……无论是谁都不关你的事。出去。（对着电话）不,不，一切都会好的。我、我现在不方便说，宝贝。（对卡萝尔）滚出去。

**卡萝尔** 我会走的。

**约 翰** 那就好。

**卡萝尔** （准备离开）……不过别喊你妻子"宝贝"。

**约 翰** 什么？

**卡萝尔** 别管你妻子叫宝贝。听清楚我的话了。（卡萝尔正要离开，约翰抓住她，打起来。）

**约 翰** 恶毒的小婊子。你以为你能用你那套政治正确来毁掉我的生活？（他把她打倒在地）我待你不薄……你应该……强奸你……？开什么玩笑……？（他举起椅子，高过头顶，向她逼近）我一点儿都不想碰你。你个小贱人……（她蜷缩在地上。停顿。他低头看她，放下椅子，走向桌子，整理桌上的文件。停顿。他看向她）……好吧……（停顿。她看着他。）

**卡萝尔** 是的，这就对了。（她眼光离开他，低下头，自言自语）……是的，这就对了。


全剧终